RÉCIFS

Titre original : *"Reef"*

Première traduction française : le Serpent à plumes, 1995

Pour la présente édition française :

www.editionszoe.ch
Maquette de couverture : Notter + Vigne
Illustration : © Munem Wasif / Agence VU'
ISBN 978-2-88907-338-2

*Les Éditions Zoé bénéficient du soutien
de la République et Canton de Genève,
et de l'Office fédéral de la culture.*

ROMESH GUNESEKERA

RÉCIFS

Roman traduit de l'anglais par Marie-Odile Fortier-Masek

ZOE

À Helen

« De ses os naît le corail. »

La Tempête

La brèche

Ma voiture, une vieille Volkswagen rouge appartenant à Mister Salgado, était la seule devant la station-service. J'ouvris le réservoir et le remplis à ras bord comme il m'avait appris à le faire. D'épaisses vapeurs s'élevèrent dans la nuit froide. Je notai dans un petit carnet le kilométrage, le nombre de litres, la date et allai payer à la caisse.

La porte était fermée à clef, mais un visage surgit derrière le guichet pare-balles, presque un reflet du mien. Je demandai à l'inconnu s'il venait du Sri Lanka. Il sourit, l'air penaud, et hocha la tête. Je lui glissai mon argent, il appuya sur les touches de sa caisse électronique. Il ne se passa rien. Il cogna sur le côté de la machine et me sourit à nouveau. « Attendez, attendez », dit-il. Il cogna une nouvelle fois et regarda sous le comptoir.

Je lui demandai quel était le problème.

Il secoua la tête, écarta des papiers et repoussa le tiroir-caisse. Il ne se passa rien. « Une minute, dit-il. Attendez ! » Il recula, décrocha un téléphone. Il y avait des numéros sur une carte collée au mur, à côté de l'appareil ; toutefois, après m'avoir jeté un coup d'œil par-dessus son épaule, il reposa le téléphone.

Je lui dis de tourner la clef sur la machine. Il y avait forcément un moyen de s'y prendre. J'essayai de parler cinghalais, mais il secoua la tête. Ce n'était pas ça. « Tamoul, tamoul. Anglais juste un petit peu. » Le bout de sa langue tremblotait.

« Monsieur, entrez, s'il vous plaît. » Il se précipita pour ouvrir la porte. « Oh ! *please* ! »

Il me fit pénétrer dans son box, souleva la partie mobile du guichet et insista pour que je m'asseye à côté de la caisse. « Mon premier soir », dit-il.

Il reprit le téléphone, « Parlez, s'il vous plaît.

— À qui ?

— Boss. Comprendra pas. Vous parlez, s'il vous plaît. Vous savez. » Il montra du doigt le tiroir-caisse en haussant les épaules. Il éteignit les lumières au-dehors, ce qui n'empêcha pas les voitures d'entrer et de ressortir, leurs phares décrivant un arc derrière la fenêtre comme des projecteurs. À chaque fois, il les esquivait d'un rapide plongeon.

« Depuis combien de temps êtes-vous ici ? Dans ce pays ? demandai-je.

— Sale guerre maintenant, là-bas. Mon pays c'était près de Silavatturai, vous connaissez ? » Il sourit, comme par anticipation.

Je voyais une mer de perles. Jadis le paradis des plongeurs. Aujourd'hui, un point de repère pour les trafiquants d'armes dans une zone de combat truffée de camps militaires et infestée de Tigres*.

« Vous habitez pas loin ? » demanda-t-il, plein d'espoir. Je lui répondis que j'avais un commerce dans le coin. Un restaurant.

* Tigres de libération de l'Eelam Tamoul, mouvement séparatiste (NdT).

Il aspira une bouffée d'air glacial. « Vous très longtemps dans ce pays, alors ? »

Je fis signe que oui. Plus de vingt ans maintenant. Une solide tranche de temps à l'abri du passé.

« Parti de rien ? » Il demandait cela comme si le seul fait de poser la question en assurerait la réalisation. Lui aussi, il esquissait un rêve.

Un homme ivre venait vers nous en titubant. Il se mit à frapper à la fenêtre. Chacune de mes respirations semblait imprégnée d'essence. Je voulais fermer les yeux, imaginer une mer tiède, notre sel flottant dans l'air. Je n'avais pas idée de ce que je faisais là. De ce que nous faisions là, mon jeune réfugié avec sa caisse enregistreuse égrotante et moi. Il appuya sur un autre bouton, la lumière du box s'éteignit. Et à mesure que les étoiles se mettaient à scintiller, je revoyais une maison avec une grande baie vitrée, à dix mille kilomètres de là…

I

Kolla

« Mister Salgado est un vrai gentleman. Tu dois faire tout ce qu'il te dira de faire. » Mon oncle me tira l'oreille. « Tu comprends, *kolla* ? Fais-le, c'est tout. »

J'avais onze ans. On était en 1962, l'année du coup d'État manqué. Mon oncle m'accompagnait dans une maison située dans une ville où je n'étais jamais allé.

Les deux colonnes devant la maison s'enfonçaient dans des plates-bandes de *rathmal* écarlate et de jasmin blanc. La grande baie vitrée qui les séparait et les fenêtres du devant étaient protégées du soleil par des stores en rotin peints en vert, piqués de moisissures. Ils étaient de guingois, effilochés par endroits et maculés de fiente d'oiseaux. Le toit était une enfilade de boucles d'argile rougeâtre. Un arbre blanc colossal pailleté de flammèches dominait le jardin. Mon oncle me fit pénétrer dans la maison par un accès latéral.

À l'intérieur, une porte dotée d'un long ressort de métal gris grinça en se refermant derrière nous. Une vieille femme toute ratatinée était assise sur un petit tabouret en bois, les pieds au soleil. Elle leva la tête. « Vous revenez encore une fois ? dit-elle à mon oncle. Qu'est-ce que ça veut dire, toutes ces allées et venues ? » Sa bouche s'affaissait autour de ses gencives vides.

Mon oncle lui expliqua que nous étions venus voir Mister Salgado.

Elle se leva en grimaçant et se dirigea lentement vers la partie principale de la maison. «Je vais demander», marmonna-t-elle.

Nous nous assîmes par terre et attendîmes. Le pinçon de mon oncle me faisait encore mal à l'oreille. Quand le soleil disparut derrière les toits, on nous dit d'entrer. « *Ko ?* » appela une voix du fin fond de la maison. *Où ?* La syllabe veloutée fit écho. Les derniers rayons de soleil se brisaient à travers les arbres. Mon oncle me poussa : « Allons-y. »

Au début, Mister Salgado ne dit rien. Mon oncle faisait partie, lui aussi, de ces hommes peu loquaces. Ils restèrent un moment silencieux, se contentant de hocher la tête comme des pantins. Mister Salgado finit par faire un signe de tête dans ma direction : « Si je comprends bien, c'est notre garçon ?

— Oui, c'est le garçon. » Mon oncle porta son poids sur son autre jambe, se penchant vers le mur. Une main chercha appui, tandis que l'autre tendait un sac de mangues vertes que nous avions achetées. À ses yeux, Mister Salgado n'était sans doute guère plus qu'un gamin, mais un gamin que l'histoire avait favorisé – un produit du féodalisme moderne – alors que mon oncle, lui, était un pigeon voyageur, chauffeur pour une compagnie pétrolière. « C'est lui dont je vous ai parlé. C'est lui. Il apprend très vite. »

Un visage lisse, paisible, me regarda : « L'école ? Tu y es allé ?

— Oui, lâchai-je. Je suis allé à l'école. Jusqu'en septième. Je sais lire et écrire. » J'avais même acquis des rudiments d'anglais grâce à mon pauvre instituteur, un brave type qui ne savait plus trop où il en était, encore sous le charme d'une ère victorienne version jungle. Il habitait un pavillon blanchi à la chaux, non loin des champs de mon père.

« Et maintenant ? »

Mon oncle se tortillait à mes côtés. « Comme je vous l'ai dit, il apprend vite, mais il ne peut plus vivre à la maison. Cette histoire... »

J'avais, par accident, mis le feu au toit de chaume d'une hutte de la cour de l'école. J'avais juste laissé tomber une allumette enflammée dans le goulot de la bouteille d'arak de mon père, qui était presque vide : une flamme bleue avait jailli en sifflant, elle avait grimpé le long des feuilles des *cadjans*. Mon père s'était emporté ; je m'étais enfui chez mon oncle qui m'avait promis une nouvelle vie. Il m'avait dit que je n'aurais jamais à retourner là-bas. « Je fais cela pour la seule raison que si ta mère était encore en vie, elle aurait voulu que je le fasse. Compris ? »

Mister Salgado soupira. Maigre et voûté, il se livrait souvent aux contorsions les plus bizarres : ses longues jambes s'entortillaient et son cou se démanchait de façon alarmante. La triste expression d'un héron blessé tourmentait son visage. Il parlait lentement, hésitant presque ; changeant poliment de sujet, il demanda à mon oncle ce qu'il pensait du coup d'État manqué, comme s'il s'agissait d'une averse qui n'était pas de saison. Jamais je n'avais entendu une aussi douce façon de parler : par comparaison, celle de mon oncle paraissait une véritable strangulation de l'esprit. Désormais, dès que Mister Salgado ouvrait la bouche, j'étais envoûté. Je pouvais me perdre dans sa voix. Il en fut ainsi le premier jour, et bien souvent au cours de nombreuses années. Ainsi m'arrivait-il de ne pas saisir les instructions qu'il me donnait, ce qu'il ne remarquait pas toujours. Je pense que, grisé par sa propre voix, lui-même en venait parfois à perdre le sens du message qu'il avait essayé de faire passer, et sans doute était-ce pour cette raison qu'il préférait rester silencieux. Je pouvais le comprendre. Mon cœur semblait parfois déborder de plus de mots que n'en pourraient jamais laisser passer mes lèvres.

Mister Salgado, Ranjan Salgado, était célibataire. Une douce odeur collait à lui, une odeur capiteuse, artificielle, provenant d'un flacon en forme de cloche, impossible à ouvrir dans les règles de l'art. Il le secouait, faisant ainsi tomber de la calotte en métal, au bout du col étroit, de minuscules et puissantes gouttes dont il se frictionnait les mains, le visage et le corps. Cette odeur me rappelait les buissons de cannelle, mais c'était le propre de la ville de tromper. Même chez Mister Salgado, la tromperie avait trouvé refuge, surtout dans la tête de Joseph, son domestique.

Après le repas, Mister Salgado allait s'asseoir dans son fauteuil ; la joue, le menton, ou parfois même toute sa tête reposant sur un doigt maigrelet ou sur une paume en coupe – courtisant l'infortune –, il regardait dans le vague, de ses yeux énormes, comme si son seul désir était de vieillir. Il s'asseyait à la table d'acajou que j'avais appris à faire reluire. Le soir, lorsqu'il était seul, il aimait manger du pain et de la nourriture occidentale : un repas de plusieurs plats. De petites crêpes faites de viande frite et de purée de pommes de terre qui disparaissaient dans son corps sans laisser de traces. Le corned-beef était un de ses plats préférés. Il le mangeait accompagné d'un *seeni-sambol* qui vous brûlait le palais. Le jour où je finis par devenir son cuisinier, en même temps que son homme à tout faire, j'inventai un mélange spécial composé de corned-beef grillé, de pommes de terre, d'oignons et de piment vert, le tout assaisonné de sauce de soja et saupoudré de sucre brun. Je mangeais ça avec appétit, moi aussi.

Au début, mon travail consistait simplement à porter au jeune maître son thé du matin puis à balayer la véranda et le perron. Jusqu'à ce que j'aie fait mes preuves, je n'avais même pas le droit de faire du thé ni d'épousseter, ni de balayer dans les pièces. Cela m'arrangeait : je voulais surtout ne rien casser.

Le balai qu'on me donna était gigantesque. J'avais tellement peur de renverser quelque chose que je passais par la porte de service de la cuisine pour atteindre les pièces du devant, faisant ainsi tout le tour de la maison. Je n'osais traverser ni le salon ni la salle à manger armé de ce balai. Il me vint un jour une brillante idée : je raccourcis le manche. C'est alors que commencèrent mes ennuis avec Joseph.

« Espèce d'idiot, de crétin, d'abruti, tu ne peux pas respecter ce qui est aux autres ? Tu es ici pour prendre soin des choses, pas pour les démolir ! »

J'étais censé aider Joseph, mais celui-ci me prit en grippe dès le début. Sans doute parce qu'en dépit des circonstances, je n'étais pas de son monde. Joseph était venu travailler pour Mister Salgado deux ans plus tôt. Il venait de Kosgahapola, triste petit village situé de l'autre côté d'Ambalangoda, au-delà de ceux où l'on sculptait les célèbres masques en bois. Il avait réussi à décrocher un emploi dans une auberge appartenant à l'État, jusqu'au jour où une réélection le mit sur le pavé. L'opposition était au pouvoir et les fidèles du parti local étaient récompensés de leurs efforts, c'est du moins ce qu'il avait dit à Lucy-*amma*, la toute première personne que j'avais rencontrée dans cette maison, la cuisinière de Mister Salgado. Il est plus probable qu'il avait été surpris en train de chaparder : malgré ses grands discours ulcérés, il était incapable de se retenir ; il était né avec un faible pour le bien d'autrui comparable à celui que d'autres ont pour les sucreries : il cédait à la plus infime des tentations. Je le méprisais pour ce défaut : je trouvais qu'il déshonorait la maison de Mister Salgado.

Mais ce jour-là, on aurait dit que c'était moi qui avais porté atteinte à ces lieux, comme si ce balai était une créature vivante que j'avais mutilée, le descendant d'une dynastie plutôt qu'un bout de bois à la tête en fibre de coco tout usée. Ici, on ne remplaçait jamais les têtes de balai tant que les poils n'avaient pas complètement disparu : c'était une des particularités de la maison. Mister Salgado, qui se targuait de faire des économies, ne remplaçait jamais une brosse à dents avant qu'il n'en reste pratiquement plus que le manche en plastique. Je voyais les poils raccourcir et se tasser de jour en jour, jusqu'à ce que je me décide à aller lui en acheter une neuve que je mettais dans son verre à dents. Je cachais la vieille dans l'armoire de sa salle de bains – je n'arrivais jamais à trouver le courage de la jeter – et invariablement elle réapparaissait le lendemain à sa place habituelle, que nulle autre n'avait usurpée. Mais j'avais eu raison de couper le manche du balai et Joseph, lui, avait eu tort de me gronder. En entendant ce vacarme, notre jeune maître sortit de sa chambre. Joseph protesta à grands cris, mais Mister Salgado dit : « Non, restons-en là. Ce garçon a besoin d'un balai plus court. » C'est à cela que je compris que j'étais bien tombé : lui, au moins, ne pensait pas que j'étais stupide…

Joseph faisait la loi. Il me dit où je devrais dormir, « En-dessous de ce petit trou rond » – une fenêtre dans l'alcôve du salon –, et à quelle heure je devrais me lever. Le soir, une fois qu'il avait éteint les lumières et fermé à clef la porte d'entrée, je verrouillais les portes en accordéon qui menaient au salon – un pêne enfoncé dans le sol de béton glacial, l'autre dans une traverse – et je me pelotonnais sur ma natte, sous mon hublot. En général, je m'installais de façon à regarder au-dehors en attendant que le sommeil me gagne. J'imaginais une carte astrale qui entraînerait la chute de Joseph – une terrible mésaventure, de préférence précédée de la disgrâce auprès du maître – et mon ascension météorique dans la maison. Enfant, j'avais réussi à me persuader que je possédais les pouvoirs divins d'un *deviya*, qui permettaient à mes rêves de se réaliser ; aussi, chaque nuit, je rêvais de vengeance.

Un soir, je décidai de changer Joseph en grenouille. Je m'endormis dans une douce anticipation, mais voici qu'au milieu de la nuit, je m'éveillai en sueur. Le coup avait raté. Impossible de bouger. J'étais paralysé, pétrifié. Mon cœur battait la chamade : un démon avait pénétré dans la maison. Je me mis à réciter des prières pour qu'il s'en aille, promettant d'être un bon garçon soumis à tous ceux de mon entourage, promettant aussi d'adorer le dieu des dieux, si le monstre s'en allait… Des heures, ou des minutes plus tard, quand il n'y eut plus de bruit dans la maison, je commençai à retrouver mon courage. Je roulai ma natte et me levai d'un bond. Il ne s'était rien passé. Aucune épée ne tomba du ciel en flamboyant, aucun démon ne s'élança. Il y avait juste mon ombre que découpait la demi-lune et un gecko affolé en train de détaler. Je m'accroupis et attendis. Et tandis que je me rendais compte qu'il n'y avait en fait personne, je me lançai dans un jeu où une bande de maraudeurs pénétrait dans la maison alors que j'étais seul pour les repousser. Mais en fin de compte, l'unique chose qui se passa fut que je dormis plus longtemps que prévu. Il faisait jour quand j'ouvris les yeux. Joseph était là qui me poussait du pied. « Lève-toi, disait-il. Lève-toi, bougre d'idiot ! » Le vase chinois bleu et blanc en équilibre sur le buffet sombre trembla. Je crus qu'il allait se briser sur le sol. Mais c'était moi, mon corps et non le vase, qui tremblais ainsi. Je m'éloignai en roulant sur moi-même, vide de l'énergie dont j'avais fait preuve au milieu de la nuit. Le sommeil m'avait dévasté.

« Le thé ! Le thé ! » Joseph était furieux. « Porte le thé à notre maître ! Allons, lève-toi, sale couleuvre, porte-lui son thé ! »

Je me levai non sans mal, m'empêtrant dans mon sarong. Je me frottais les yeux sans arrêt. Sans dire un mot, je filai à la cuisine. Lucy-*amma* avait mis le thé à infuser, elle avait même sorti le plateau pour moi. J'essuyai rapidement la tasse avec le bord de mon sarong et versai le thé. Du lait et du sucre. Il en avait toujours été ainsi : juste assez de lait pour transformer le brun clair en une boue crémeuse, sans oublier une demi-cuillerée à café de sucre blanc pour donner des forces. Je nouai à nouveau mon sarong, bien serré cette fois, et j'apportai le thé.

Mister Salgado était dans son lit, il ronflait discrètement dans l'air chaud. Le drap du dessus était en boule sur le côté, et son sarong glissait sur ses hanches minces. Son vêtement laissait entrevoir quelques touffes de poils noirs sur un torse adolescent.

J'entrai et je posai le plateau sur la table de chevet : « Le thé, monsieur ! »

Il était réveillé mais gardait les yeux fermés. Il feignait de dormir afin de pouvoir ignorer ma présence.

À ces heures matinales, il veillait avec soin à préserver son intimité. Son *moment Einstein,* dirait-il par la suite. J'avais appris qu'il aimait que je pose le plateau de thé et disparaisse sans un mot. Alors, il se levait, allait dans son fauteuil près de la fenêtre où il buvait lentement son thé comme s'il ne se sentait pas à l'aise dans son grand lit confortable, moelleux à souhait, avec son matelas bien rembourré, son sommier de fibres de coco et ses ressorts hélicoïdaux. Mais ce matin-là, je restai. J'avais des remords d'être en retard. Je voulais aussi faire quelque chose pour prévenir les critiques que Joseph ne manquerait pas de faire à mon égard plus tard, dans la matinée.

« Monsieur, déclarai-je, la nuit dernière, on a essayé d'entrer dans la maison. Monsieur, je les ai mis en fuite, vraiment… »

Il grommela doucement et se retourna. Le lit craqua sous son poids. À la tête du lit, une petite lampe se balançait. J'eus l'impression que toute la pièce tournait en même temps que lui. Il était grand et, ainsi allongé, il semblait interminable. Ses pieds dépassaient du lit. Ses voûtes plantaires étaient si cambrées que ses orteils paraissaient recroquevillés et ses pieds raccourcis. On aurait dit des pieds de femme.

« Monsieur, ç'aurait pu être des voleurs… »

Je ne pouvais voir qu'une moitié de son visage ; l'autre disparaissait dans l'oreiller. Ouvrant un immense œil brun, il se mit à me regarder fixement. Une épaule nue se soulevait et retombait au rythme de sa tiède respiration. Deux cicatrices de vaccinations, rappelant des traces de balles maladroitement raccommodées, aplatissaient la peau du haut de son bras. Son sommeil semblait somptueux. Il émettait une espèce de bourdonnement, de grognement à tout faire : ce n'était ni une question ni une déclaration, c'était une façon de reconnaître mon existence et le fait que j'avais bien récité ma tirade. L'œil sombre, rêveur, se referma lentement tandis que la pupille disparaissait prestement ; l'audience était terminée.

« Que s'est-il passé ? demanda Joseph quand je revins.

— Rien, répondis-je. Je lui ai porté son thé.

— Il dort toujours ? »

Je fis exprès de ne pas répondre. Qu'il craigne le pire. Le pire pour lui. Rien que de l'imaginer contaminant le monde de son haleine fétide et contrôlant ma destinée me faisait bouillir le sang. Je détournai la tête comme si je cachais quelque chose et m'esquivai à la cuisine.

Lucy-*amma* était en train de couper des oignons, des oignons de Bombay. Les barbes de chaque oignon étaient entassées sur le côté. Elle maniait le couteau avec la dextérité d'une de ces déesses austères – une *devatara* –, tranchant des demi-cercles translucides, parfaits. Elle passait sa vie à couper des oignons. Cela m'apprit quelque chose : l'omniprésence de l'oignon qui revient et revient comme s'il était le pouls de notre vie culinaire. Que ce soit au petit-déjeuner, au déjeuner ou au dîner, à chaque repas il réapparaissait, en tranches ou haché.

C'est surtout en regardant faire Lucy-*amma* que j'appris à couper les oignons, mais elle m'enseigna aussi cet art en me mettant à l'œuvre, je devins son aide à la cuisine, un apprenti coupeur d'oignons… J'étais reconnaissant pour ce rôle, même si, au début, je suppose en raison de mon jeune âge, de ma petite taille et du fait que j'étais trop près de la planche sur laquelle on coupait, je pleurais. Je ne pouvais rien y faire, si ce n'est prendre des années et des centimètres. Ce n'est que beaucoup plus tard que j'appris les diverses astuces pour diminuer ces effets : passer l'oignon sous l'eau, enfiler un morceau de pain sur la pointe du couteau, enrouler un chiffon humide autour de ma main. Mais je dois avouer qu'aujourd'hui je ne fais rien de tout ça : je coupe, et mes larmes ont un effet cathartique.

En ces temps lointains, mon intérêt pour les oignons n'avait rien à voir avec mon ambition de devenir cuisinier. Cela avait d'abord été une échappatoire ; une façon de fuir Joseph. Ce dernier ne pouvait supporter les exhalaisons d'un bon oignon bien fort. Lorsque nous coupions les oignons et, surtout, lorsque nous les faisions frire, il veillait à ne pas s'approcher de la cuisine, s'enfuyant au fond du jardin. Ainsi me spécialisai-je dans l'art de cuisiner les oignons, histoire d'éviter Joseph.

Ce matin-là, après mon retard, je trouvai Lucy-*amma* en train de hacher à tour de bras, les yeux mi-clos. Elle avait commencé à faire la cuisine au début du siècle. Au cours de ses soixante-dix années et des poussières, son lieu de naissance était passé, à diverses reprises, de l'état de village à celui de jungle et vice versa. De jungle, le pays avait été transformé en paradis avant de redevenir jungle ; moi-même, je l'avais vu sombrer encore plus dans la barbarie.

Certains soirs, je m'asseyais par terre à côté de Lucy-*amma* pour écouter les histoires d'autrefois. Elle avait connu Mister Salgado petit garçon quand elle élevait son propre enfant, elle avait connu le père de Mister Salgado enfant, quand elle-même était enfant. Elle avait servi du whisky et du café au grand-père de Mister Salgado, lors des émeutes de 1915. Elle avait vu des hommes politiques à la moustache en guidon de vélo, à la houppe retenue par une barrette en écaille, en jaquette et sarong fileté d'or, pieds nus dans leurs chaussures du dimanche. Elle avait vu les spencers laisser la place aux chemises à la Nehru; l'argenterie de Sheffield se faire détrôner par des cuillères en bois de cocotier. Mais sa cuisine et son fourneau à bois – deux pierres noires à l'extérieur de la cuisine – eux, ne passeraient pas. Le riz mettrait toujours vingt minutes à cuire et si l'on soulevait le couvercle avant que l'eau commence à frémir, tout serait gâché; de même, expliquait-elle, la seule manière de savoir si une noix de coco était fraîche ou non, c'était de la secouer, et vous ne pouviez pas faire de *pol-sambol* sans la casser. Le goût de la cuisine n'était pas une affaire de mode, disait-elle: la façon dont on avale la nourriture et celle dont on fait des enfants n'avaient pas changé au cours de l'histoire humaine.

«Vous avez besoin de ça?» demandai-je prenant un petit oignon rouge. La peau sèche et parcheminée craqua. Lucy-*amma* ne répondit pas. Ses yeux étaient mi-clos, une façon de les protéger des exhalaisons; son couteau avait l'air d'un gros morceau d'acier.

Je pris l'oignon et le coupai en deux, puis je tranchai bien soigneusement chaque moitié. C'était un petit oignon, ses quartiers tenaient dans le creux de ma main, ballottant, s'entrechoquant en sourdine, comme les dés dans la paume du joueur.

J'ignorais ce que j'allais faire au juste avec les quartiers d'oignon, mais une chose était sûre: je voulais les mettre tous deux – l'oignon et Joseph – dans une situation de voisinage inconfortable.

La maison de Mister Salgado était le centre de l'univers, et tout ce qui se passait dans le monde prenait place entre ses murs. Le soleil lui-même semblait se lever du garage et aller se coucher, le soir venu, derrière le *del.* Des perroquets au bec rouge et des *salaleenas* aux oreilles jaunes venaient chanter dans le jardin. De grosses grenouilles coassaient près du portail. Le lundi, le marchand de fruits et légumes débarquait avec son panier plein d'okras et de haricots ; le mardi, c'était au tour du boucher d'apporter queue de bœuf et viande de chèvre ; le mercredi, le marchand de poisson arrivait en balançant ses sprats et ses crevettes roses dans deux paniers accrochés aux extrémités d'un bâton, il criait :

Isson, isso,
thora Malu,
para malu,
ku-ni-so-o.

Le jeudi, le camelot arrivait, sa malle en carton sur la tête. Cela ne lui servait à rien de s'arrêter chez nous : il ne vendait qu'aux femmes et la seule femme à la maison c'était Lucy-*amma* qui pas une seule fois ne jeta un coup d'œil sur ce qu'il avait à proposer. Mais l'homme était un ami de Joseph, il aimait cancaner. Ses lèvres évasées étaient à jamais entrouvertes, comme s'il ne cessait d'ourdir une trame d'intrigues.

Il devait arriver au milieu de la matinée. Je décidai de l'attendre, sachant que Joseph passerait au moins une demi-heure à bavarder avec lui : cela me donnerait le temps de me glisser dans sa chambre avec mon oignon cru et de faire quelque chose de diabolique : frotter de jus d'oignon la natte sur laquelle il dormait. En attendant, je m'affairai sur la véranda du devant, je la balayai d'un bout à l'autre, chassant la poussière dans le jardin, soulevant un nuage d'atomes rouges avec mon balai.

Le camelot avait une petite clochette qu'il agitait tout en zigzaguant dans l'allée. Chaque fois qu'il la faisait tinter, les corbeaux sur la route s'envolaient, une vraie bousculade. L'endroit retentissait de leur croassement ainsi que des tintements et roucoulades des stupides colombes de notre voisin. La parade d'un magicien… Il y avait, de l'autre côté de notre allée, une maison où il s'arrêtait toujours : le numéro huit, la maison de Mr Pando. C'était une mystérieuse forteresse, derrière de hautes murailles. De l'allée, on ne voyait rien de la maison, juste le bord du toit. Le camelot rentrait toujours, et moi, jamais, même si, au cours des années qui suivirent, nous finîmes par assez bien connaître Mr Pando. Le tintement de la clochette s'arrêtait ; suivait un silence ponctué, à l'occasion, d'un petit cri perçant de Mrs Pando – la *nona* – découvrant un tissu de brocart doré ou le prix d'un bracelet de fausses émeraudes. Mais ce matin-là, lorsque le camelot s'arrêta à l'extérieur de la muraille et que la clochette se tut, il manquait quelque chose. La grosse porte encastrée dans le mur ne s'ouvrit pas : une certaine tension s'empara de l'allée. C'est alors que, à ma grande surprise, la clochette se remit à tinter. Au début, plutôt timidement, comme si le sonneur ne savait pas trop ce qu'il devait faire, puis avec plus d'insistance, comme s'il essayait de forcer la porte à coups de carillons. Des carillons à réveiller un mort, mais le numéro huit ne répondait pas. L'homme se mit à crier « *badu, badu, badu…* », tout plein de bonnes et belles choses… Puis sa voix s'estompa en une sorte d'inquiétude perplexe. Pas de vente au numéro huit aujourd'hui. Agitant sa clochette avec un peu moins d'enthousiasme, il se dirigea vers notre maison.

« Alors, alors ? » entendis-je Joseph lui demander. Courbé au-dessus du portail, l'homme se balançait.

« Ils ont dû s'absenter…

— Pas possible, je les ai entendus un peu plus tôt ce matin. Ça en faisait du bruit avec la Pando-*nona*! »

J'avais entendu moi aussi, mais je n'y avais pas prêté attention. Joseph s'essuya le visage avec un coin de son sarong et il fit signe à l'homme d'entrer. Son camarade était un homme trapu dont la face ronde dégoulinait toujours de sueur. Lorsqu'il s'accroupissait pour poser sa malle en carton, on aurait dit un crapaud. Sans la malle, le haut de sa tête paraissait tout plat, méconnaissable. Cette impression d'aplatissement provenait du turban dont il se servait comme coussin. Il l'enleva également et s'éventa avec, tandis qu'il se balançait paisiblement sur ses talons. « Elle m'avait même demandé de lui apporter de la dentelle aujourd'hui. » Il ouvrit la serrure de sa malle avec un bruit sec et donna un petit coup dans un ballot. « Et regarde-moi ça, du crêpe georgette! » Il racla sa vilaine gorge.

« Pourquoi qu'elle en veut, de la dentelle ?

— Comme tout le monde. Pourquoi pas ? Qu'est-ce que tu crois qu'elle veut ? »

Joseph ricana.

Je m'apprêtai à me rendre dans la chambre de Joseph quand s'éleva le brame le plus atroce que j'aie jamais entendu : d'abord simple grondement dans les entrailles de la terre, il éclata soudain au fond du jardin, emplissant l'air de douleur et de rage. Un son bestial, démoniaque par son angoisse, rappelant la plainte de l'oiseau dont une balle aurait grillé les boyaux ou le cri du porc que l'on saigne. Un son nauséabond, écartelé par la torture, rivé aux trous d'une perceuse, brûlant les terminaisons nerveuses de toutes les têtes pourries grouillantes de vers du voisinage. Un cri assez puissant pour faire date, non seulement dans notre allée, mais sans doute dans toute la ville, et même dans tout le pays.

Joseph et son ami se précipitèrent au milieu de l'allée. Je filai dans le jardin. Nous nous tournâmes vers la maison de Mr Pando, d'où venait ce hurlement. Quelqu'un, une femme, se mit à crier. Des portes claquèrent. Des vitres volèrent en éclats. D'autres cris et hurlements suivirent. Je grimpai au sommet de l'arbre blanc du jardin donnant sur l'allée.

Toute la cour d'entrée de Mr Pando avait viré au rouge, un rouge poudreux, on aurait dit qu'elle était recouverte de poussière venue de Mars. Les marches étaient jonchées de petits sacs en plastique. Une femme se précipita pour balayer les marches. Un autre hurlement s'éleva de la maison, la femme se hâta de rentrer. D'autres cris s'ensuivirent, les voix montaient davantage encore. Perturbés, les corbeaux croassaient en décrivant des cercles au-dessus du toit. Le ciel s'assombrit. Pando-*nona* regarda le ciel et regagna vite la maison en jurant. Les cris se transformèrent en gémissements monstrueux, interminables, sinistres, s'intensifiant et déclinant selon son propre rythme.

Joseph, ses amis et tous les voisins s'étaient attroupés devant la maison. Le camelot fut celui qui finit par entrer, une fois que la police eut enfoncé la porte.

Il revint en sautillant. « *Miris, machang* – des piments! Ces deux sorcières ont essayé de tuer Pando-*mahathaya* à coups de piments! Des piments bien forts, bien séchés, bien rouges et aussi du piment en poudre! Il y en a partout! » Son visage ruisselait de sueur, ses yeux s'allumaient à chaque mot. « Pando-*mahathaya* était ligoté dans son bain. Si vous l'aviez vu, *appo*! » Le camelot était là qui se frappait les tempes. « Son visage, ses bras, ses couilles, même sa bite, oui, tout ça, gonflé comme des ballons! Fichtrement gros, mon vieux! Elles avaient frotté de la poudre de piment sur tout son corps! Le malheureux était là qui hurlait à l'agonie. Et *Nona*-lady poussait des cris et elle renversait sur lui des seaux et des seaux de piment en poudre. Quant à la domestique, elle lui frictionnait ça dessus! Jusque dans son cul!» Et notre témoin de rire et de se trémousser en pointant son arrière-train.

Quand la police fit sortir les deux femmes, Pando-*nona* vociférait encore contre son mari. «Tu vas voir ça si j'te mettrai pas en chaleur, espèce de *bathala*!» Il semblait qu'elle avait récemment découvert son époux en train de batifoler dans la salle de bains avec une demoiselle de la célèbre maison close Bodega. Les hurlements de Mr Pando et les cris de Pando-*nona* retentissaient dans tout le voisinage: sur les pierres, les arbres, les bâtiments, les êtres. La peau du malheureux Pando garda une teinte rougeâtre, et il passait son temps à s'essuyer avec un grand mouchoir blanc comme s'il avait toujours trop chaud…

De retour à la cuisine, je jetai mes morceaux d'oignon dans un bol: ils me paraissaient trop bon enfant… Toutefois, je n'étais pas encore prêt à utiliser la poudre de piment.

Au mois de septembre de l'année suivante, Mister Salgado avait prévu de se rendre quelques jours dans la plantation de thé d'un cousin. Joseph garderait la maison. Il me faudrait rester avec lui, n'ayant d'autre endroit où aller. Cela faisait plus d'un an que j'étais dans la maison, mais je n'étais pas heureux. Sous les ordres de Joseph, c'était impossible, et si ma condition ne changeait pas, je sentais que sa malhonnêteté et sa méchanceté finiraient sans doute par déteindre sur moi.

En prévision de l'absence de Mister Salgado, nous fermâmes la maison et recouvrîmes de draps de lin blanc les meubles du salon et de la salle à manger, sous l'œil vigilant de Joseph. Et je tirais, et je tirais, et j'enveloppais, et je lissais, transformant ainsi l'endroit en funérarium. Je me vis confier une imposante série de tâches nouvelles : astiquer les cuivres, polir l'argenterie ; huiler les gonds des portes, les verrous, les poulies des stores ; faire toutes sortes d'inventaires. Il fallait que je compte les couverts, le service de porcelaine, les draps, les ampoules, les livres sur les étagères. Ces travaux de calcul m'avaient été assignés par le maître lui-même. Le soir avant son départ, chaque fois qu'il me croisait, ses yeux s'élargissaient et il me demandait de compter encore autre chose. M'apercevant au bout du couloir en train de faire ce qui m'avait été demandé un peu plus tôt, par exemple de ranger les timbales en argent dans leur coffre, il émettait un « Ah ! », me séduisant ainsi de sa voix. « Ce… » Tout s'arrêtait. J'attendais, le temps qu'il se racle la gorge et trouve son mot : « Oui, je pense que tu dois établir l'inventaire des verres. Il faut que tu apprennes à les distinguer selon leur sorte, leur forme, tu vois ce que je veux dire ; il faudra également que tu les comptes. Pas maintenant, mais en mon absence. » Là-dessus, il levait la tête, m'interrogeant du regard, comme un maître d'école – un *gurunanse.*

« Oui, monsieur. »

Il me fallait écrire sur un bout de papier ces innombrables tâches. J'avais très vite compris l'utilité des listes en observant Mister Salgado : il était expert en la matière. Il écoutait le *Mikado* tout en écrivant des listes. Des pages et des pages de listes. Des listes pour le marché, des listes pour la blanchisserie, des listes de livres, des listes de paris, des listes de choses à faire, des listes de choses à ne pas faire, des listes pour son journal intime, des listes de choses à réparer, des listes de provisions dans le garde-manger, des listes de lettres à écrire. Je les retrouvais sur son bureau, dans les poches des vêtements que je devais ranger, ou près du téléphone ou dans son sac, tels des porte-bonheur ou des petits poèmes.

À l'époque, mes listes étaient toujours courtes : un bout de papier – en général, une marge déchirée à l'une des pages d'un vieux journal. Je me culpabilisais même de cela, de mes efforts discrets pour l'imiter et, ce faisant, améliorer ma condition – car les vieux journaux de la maison étaient revendus à un brocanteur qui passait une fois par mois. Les bouts de papier que je consacrais à mon apprentissage représentaient une petite perte de revenu pour lui. Le brocanteur arrivait avec un panier sur la tête, tenant dans la main une balance enveloppée d'un chiffon. Les journaux attendaient en liasses bien carrées, bien nettes, ficelées en croix par une corde sale. Chaque liasse serait pesée, payée comptant. Alors, avec un mois de nouvelles soigneusement empilé sur son crâne, l'homme se levait et s'en repartait en se dandinant. On se sentait bien petit face au savoir ainsi entassé dans ce panier : tout ce qui s'était passé depuis un mois dans le monde… Il m'arrivait aussi de mettre à profit une vieille enveloppe récupérée dans la corbeille à papier du bureau : j'écrivais dessus ma liste avec un crayon et je la rangeais dans la poche de ma chemise.

Le soir où l'on me demanda de compter les verres, je sentis l'angoisse me gagner : ma liste de choses à faire devenait un gribouillis. J'aimais la garder nette, n'écrire que d'un côté, en lettres bien formées, régulièrement espacées : c'était ainsi que j'avais appris à écrire. Je n'aimais pas serrer les mots ou ajouter une ligne là où il n'y avait pas lieu d'en avoir une. Et comme le papier journal était mince, je n'aimais pas écrire des deux côtés, car j'appuie lorsque j'écris et mes lettres marquent le papier. Et puis, à la différence de Mister Salgado, je n'aime pas avoir trente-six mille listes. Mais ce fameux soir où je courais partout, aux aguets de ses signaux maladroits – ses ah et ses hum, ses silences, ses instructions –, je me retrouvai avec trop de choses à faire. Si ces exercices visaient à me stimuler, à me faire acquérir certaine compétence en matière de classification et de mathématiques, ils risquaient en fin de compte d'échouer complètement.

Même s'il avait fréquenté les meilleures écoles de Colombo, Mister Salgado se considérait en grande partie comme un autodidacte. Il était issu d'une lignée d'êtres qui exaltaient l'idée de forger son propre avenir. À ses yeux, il n'y avait pas de limite à la connaissance. Il étudiait les moustiques, les marais, les coraux de mer et ce gros ballon qu'était l'univers et, depuis sa jeunesse, il écrivait de longs articles à ce sujet. Il s'intéressait à toutes ces légions sous-marines, à la transformation de l'eau en roche – au cycle de la lumière, du plancton, du corail, du calcaire –, au recul de la plage par rapport à l'océan. Il m'arrivait de faire irruption dans son bureau et de le trouver la plume à la main, immobile, à deux doigts d'effectuer un calcul qui tenait du prodige. « Pardon, monsieur », disais-je, il me faisait alors signe de ne pas faire de bruit. « Dis-moi, tu sais combien d'étoiles il y a dans le ciel ? » Je secouais la tête, « Non, monsieur. » Il hochait alors la sienne, souriant en lui-même. « On les a comptées, vois-tu, mais personne n'a compté combien de sortes de polypes il y a près de nous, là, dans la mer. »

Le matin où il devait partir vers l'intérieur du pays, je reçus la permission de servir le petit-déjeuner. En proie à une vive agitation, je lui apportai sa banane, son œuf poché, son toast avec du beurre et de la confiture d'ananas. Il était perdu dans ses pensées. Lorsque je vins prendre son assiette, il leva la tête, regarda le ventilateur du plafond et parla comme un sage. « Tu veilleras sur cette maison, dit-il.

— Monsieur ? » Avant que je puisse dire quoi que ce fût, Joseph apparut, se frottant nerveusement la tête avec le revers de sa main. « Tout est prêt, monsieur. » Plus tard dans la matinée, ce fut au tour de Lucy-*amma* de s'en aller pour sa visite annuelle dans sa famille. « Surtout n'oublie pas de manger du riz chaque jour. Joseph te donnera des provisions. Il y a de l'argent dans la boîte à biscuits pour acheter quelque chose au *kadé*, dit-elle, en ficelant ses biens dans une vieille nappe.

— Il ne le fera pas, je sais qu'il ne le fera pas. » L'idée d'avoir à dépendre de Joseph me faisait horreur. « Il est jaloux de moi, il me fera mourir de faim.

— Voyons, mon enfant, ne sois pas stupide… »

Je portai le balluchon de Lucy-*amma* jusqu'au portail. Il sentait le riz bouilli et le lait de coco. Tout comme elle. Lucy-*amma* le hissa sur sa tête à la manière de l'homme qui ramassait les journaux, de celui qui récupérait les bouteilles ou du camelot, puis elle disparut au bout de notre allée magique. Je me sentis pris au piège. Mon sang battait contre mes tempes à l'idée qu'il n'y avait personne au monde, hormis Joseph et moi. J'aurais voulu me lancer dans une course folle à travers le jardin, décrivant un cercle qui n'en finirait pas, tel un chien enragé. De plus en plus vite, afin que Joseph ne puisse jamais m'attraper. Au lieu de cela, j'attendis près du portail, le plus loin possible de la maison, et je frottai mon bracelet en poils d'éléphant pour qu'il me porte chance.

Ce que je détestais par-dessus tout chez Joseph, c'était le pouvoir qu'il exerçait sur moi, le pouvoir de me faire sentir que je n'en avais pas. Il n'était pas très grand, mais il avait une tête rectangulaire allongée, comme un masque de démon. Son visage était lourd et sa mâchoire inférieure protubérante, d'où l'impression que sa tête était détachée de son corps. Un cœur plein d'amertume contractait ses muscles faciaux en une grimace permanente. Il avait de grosses mains qui surgissaient d'on ne sait où et comme j'essayais toujours de l'éviter et ne levais jamais la tête pour le regarder, la vision soudaine de ses mains sur une poignée de porte ou cherchant à saisir un bout de tissu avait quelque chose de terrifiant. Ses mains, comme sa tête, paraissaient toujours détachées de son corps. Je m'attendais à les retrouver un beau jour autour de mon cou… Ses ongles étaient soignés : il y veillait. J'ignore où il avait appris cet art : peut-être avait-il, lui aussi, retenu quelque chose de Mister Salgado.

Le ciel se couvrait. Flairant de la pluie dans l'air, je m'en revins à la maison. Je ne voyais pas ce que j'aurais pu faire d'autre : de toute façon, il serait là, quelque part, en train d'attendre, avec un sourire méchant.

La cuisine était plongée dans l'obscurité. Les petites fenêtres près de l'évier ne laissaient guère filtrer la lumière et, la maison étant vide, les autres portes étaient closes. Je ne voulais pas allumer : ce serait une façon d'attirer l'attention. J'avançai donc à tâtons le long de la desserte qui servait à Lucy-*amma* de planche à découper. Je découvris au-dessous de celle-ci un petit panier d'oignons rouges. Vite, j'en ouvris un à coups de dents et me le passai sur les mains avant de le glisser dans ma chemise pour me protéger : si jamais Joseph s'approchait de moi, je le lui flanquerais à la figure, ou je le frotterais sur lui. Ce n'était pas du piment en poudre, mais ça l'éloignerait quand même. Je devais être prêt à tout. J'allai me cacher à l'arrière de la maison. Nos quartiers – la cuisine, la réserve, la chambre de Lucy, la chambre de Joseph, le coin entre la taupinière des domestiques et la véranda à l'arrière de la maison – servaient de débarras ; on y avait relégué de vieux fauteuils, des malles de marin, un placard mal en point coincé contre le mur dans lequel je cachais mes rares possessions, un réfrigérateur dont l'acier chromé était tout cloqué, des brosses sans poils, des pelles rouillées, un mixer mutilé, un poste de radio au cadran défoncé et un énorme fer à la semelle noircie. Tous les restes de la vie citadine rejetés comme des épaves. Mais on s'y sentait bien.

La pluie tombait, lacérant de sa grenaille les pétales des fleurs du jardin. J'imaginais Joseph dehors, mitraillé par les gouttes, trempé jusqu'aux os, attrapant froid, une pneumonie, quelque chose de mortel : une maladie de l'esprit. Et dans chaque filet de pluie, je voyais un message pour lui, de la part des dieux. Je pouvais les deviner dans le ciel, entassés sur un radeau de bambou, voguant sur un lac bleu entouré de collines, tenant des lances d'argent, risquant des coups d'œil par des judas dans les nuages, cherchant Joseph, déterminés à le détruire.

« Tiens, mange ça. » Joseph jeta un paquet de riz et de curry tout préparé sur la chaise à côté de moi. « Ce soir, je ne serai pas là. » Je ne l'avais pas entendu arriver par-derrière à cause du bruit que faisait la pluie. « Je partirai dès que la pluie aura cessé. Ferme les portes et monte la garde. Tu dormiras à l'intérieur. »

Où il allait, je n'en avais pas la moindre idée, mais j'étais enchanté. Je fis des vœux pour que la pluie s'arrête immédiatement, mais elle se mit à redoubler. Son vacarme allait crescendo. L'eau forait le sol. Les gouttières débordaient, des vagues semblaient vouloir emporter la véranda. La rigole d'écoulement était devenue rivière. Joseph disparut dans sa chambre, je changeai de tactique : je suppliai la pluie de s'arrêter. « Donne-nous un peu de répit : laisse-le partir, quitter la maison, et puis vas-y aussi fort que tu pourras pour être bien sûr qu'il ne revienne jamais. Laisse-le se noyer avec toute l'eau qu'il avalera en gargouillant à travers cette espèce de louche qu'il a pour mâchoire. »

La nuit tombée, la pluie cessa, Joseph s'en alla, arborant une élégante chemise rose. La première chose que je fis, ce fut d'attaquer mon paquet de riz. Je mourais de faim mais je n'avais pas voulu manger quoi que ce fût tant qu'il était dans les parages. Je ne voulais pas lui donner la satisfaction de voir l'eau me monter à la bouche devant de la nourriture qu'il m'avait procurée. Je n'avais rien avalé depuis tôt ce matin, quand Lucy-*amma* m'avait donné un bout de pain que j'avais tartiné avec du beurre resté sur une assiette du petit-déjeuner. Je m'empiffrai, y allant à pleines poignées.

Cette nuit-là fut la première que je passai seul dans la maison, notre grande maison de ville avec ses stores en bambou, ses comptoirs en formica, ses nattes en nylon. Elle était sombre ; les lampes ne parvenaient jamais à tout éclairer, même lorsque chacune d'elles était allumée. Et la plus grosse, un énorme globe transparent dans la salle à manger, semblait éclipsée par l'espace même qu'elle devait illuminer : le plafond à peine discernable et certains recoins, les rectangles d'ombre derrière des meubles trapus, indistincts. J'eus toujours l'impression que l'endroit était plus vaste que sa forme, que chaque pièce s'étendait au-delà de ce que je pouvais en voir, que la maison elle-même s'étendait au-delà de ce que je pouvais en connaître, comme si chaque pièce avait sa pièce d'ombre, où seules les ombres pouvaient pénétrer et où l'on pratiquait les rites secrets de sciences aussi insolites que l'océanographie ou la sexologie.

J'allai m'asseoir sur le perron où je relus ma liste des choses à faire pour Mister Salgado. C'était la première fois que je me sentais en paix dans la maison. Non seulement à cause du calme qui y régnait, le silence d'une maison vide, mais aussi parce que je savais que Joseph n'y rôdait pas, que je n'allais pas me retrouver nez à nez avec lui dans quelque coin sombre, ni le voir, l'œil torve, sous une lampe, en train de faire ses simagrées. Bref, parce qu'il n'était pas là pour me gâcher l'existence.

En fin de compte, je n'accomplis aucune des tâches qui m'avaient été assignées, me laissant emporter par ma rêverie, imaginant la maison à jamais débarrassée de Joseph. Je sentais que je pouvais y grandir toute ma vie, que je pouvais y devenir quelque chose. J'avais l'impression que Mister Salgado m'aiderait. J'avais également l'impression que Mister Salgado y gagnerait de m'avoir à ses côtés : Joseph n'était pas son homme. On devrait hisser Joseph au sommet d'un palmier, tout en haut du *toddy*, pour la plus grande joie des démons et de ses comparses. Lui présent, la maison semblait pesante, sans harmonie. Je sentais qu'il voulait s'en prendre à tout ce qu'il y avait chez Mister Salgado, tel l'ivrogne jaloux de ce qu'il ne peut avoir, et avant tout de la sobriété de ceux qui sont debout alors que lui est là qui chancelle. Je me disais que je pourrais changer ça, que je pourrais rendre la maison plus sereine et cultiver nos vies afin qu'elles soient quelque peu fécondes. Qu'elles atteignent même la perfection… À l'époque, cela semblait possible.

Je me sentais plus en sécurité que jamais. Les silhouettes des arbres et des buissons dans le jardin, le ciel qu'embrasaient les becs de gaz sur la route principale semblaient m'appartenir, à moi seul, leur familiarité les embellissait. J'ignorais ce qui se passait un peu au-delà de notre allée. Je connaissais le *kadé* – le kiosque à thé en haut de la route –, les deux ou trois échoppes au carrefour, j'étais allé au marché, mais le reste de la ville – ce que cela signifie d'être dans une ville – demeurait pour moi un mystère. Je ne mesurais pas mon ignorance de la ville – la *ville dormante* de Mister Salgado –, cette ville qui s'étendait au bout des quelques routes que j'avais aperçues. Je ne pouvais imaginer où Joseph s'en était allé. Était-ce au cœur de Pettah ? S'agissait-il d'un bordel ? D'un repaire du côté du port ? Quel genre d'endroit était-ce ? À l'époque, nous n'avions pas la télévision et je n'avais lu aucun livre sur la vie de notre ville. Seuls les journaux en donnaient une idée, qui ne permettait pas, toutefois, de vraiment saisir l'aspect et le caractère de l'endroit. J'entendais parler de bagarres dans les tavernes, de trafic de drogue, de drames au tribunal sur le prix des oignons, de l'affaire Profumo qui bouleversait l'Angleterre, mais je ne parvenais pas à visualiser la configuration des terres, la véritable géographie de la ville ou de la mer entre les pays. Les quelques photos noir et blanc mouchetées formaient un monde fantôme de guirlandes pétrifiées, de politiciens au sourire béat et de boîtes à malices de lutins. Je n'avais pas de véritable ouverture sur le monde ; des murs, rien que des murs. Partout. Des murs peints, des murs couverts de fresques – êtres humains, récits, icônes – ou d'une représentation qui me mystifiait complètement, mais rien de réel. J'étais prisonnier de ce que je pouvais voir, de ce que je pouvais entendre, de la distance que je pouvais parcourir sans m'égarer hors de mes frontières imprécises, prisonnier des pauvres souvenirs de ce que j'avais appris dans mon école aux murs de torchis. On aurait dit que ma tête était un ballon chichement gonflé, qui n'avait pas assez d'air pour flotter dans le ciel. Ce n'était pas de l'hélium mais un gaz plus triste, plus terrestre, qui lui permettait tout juste d'aller ici et là en se heurtant aux chaises et aux tabourets, et de dormir dans un coin. Au moins, ce ballon n'avait pas été complètement déformé par la bassesse si prévalente autour de nous, si prévalente de par le monde. « La politique de l'envie régit toute notre industrie », disait Mister Salgado pour caractériser l'époque et la lutte universelle pour le pouvoir.

Le matin suivant fut le meilleur matin auquel je me sois jamais éveillé. Le soleil me caressait douillettement le visage. Aucun bruit dans la maison. Personne pour me crier des reproches ou des ordres. Pas de pâte que l'on martèle. Ni de noix de coco que l'on gratte, ni d'oignon que l'on hache. Rien, même du côté des voisins. Pas de radio, pas de lessive que l'on bat et qui gargouille, pas de gorge que l'on racle, pas de crachats. J'ouvris les yeux et restai immobile. Je n'avais rien à faire pour qui que ce soit. La maison était complètement, absolument vide. Le *nirvana* des vaches… À croire que Joseph n'avait jamais été là.

Il ne manqua pourtant pas de faire irruption dans mes pensées. Je le voyais dans je ne sais quel bouge innommable des quartiers les plus sordides de la ville, la proie des sorciers et des brigands. J'allai jusqu'à l'imaginer assassiné : un miracle grâce auquel mes souhaits avaient été entendus par les esprits de la ville et mis à exécution par quelque autre agent. Étais-je tombé sur un mantra meurtrier ? S'agissait-il d'un sort jeté par inadvertance ? Au milieu de la matinée, ne voyant toujours pas Joseph, je jubilai, sûr que les dieux avaient intercédé en ma faveur.

Si Joseph était mort, le monde m'appartenait. Il ne restait qu'une journée avant le retour de Mister Salgado et il y avait beaucoup à faire. Je compris que je ferais bien de terminer toutes les tâches qu'il m'avait assignées afin de lui prouver que j'étais le digne successeur de Joseph. Je commençai par polir l'argenterie : ce n'était pas une mince affaire car Mister Salgado possédait un coffre en teck rempli de couverts hérités de son grand-père. Prévue pour douze personnes, cette argenterie avait servi d'étançon aux mondanités de cette génération. Il y avait aussi des coupes, des trophées scolaires et un pichet en vermeil. J'alignai le tout sur un journal étalé sous les frangipaniers du jardin, comme pour un pique-nique, et je me mis à l'ouvrage. L'odeur de fenugrec et de lentilles rouges du produit d'entretien était si puissante que l'on s'en nourrissait rien qu'à l'inhaler. Le liquide agissait seul sous mes doigts, tandis que j'en frottais le métal, l'enrobant d'une pellicule poudreuse de céruse avant de retirer le tout à l'aide d'un chiffon, puis d'un journal, puis d'un autre chiffon, tour à tour polissant, astiquant, suant, soufflant, jusqu'à ce que les pièces brillent sur la pelouse comme soleil en fusion. Si jamais mon maître avait fait son apparition, il aurait pu se rendre compte que je me tirais très bien de ce qu'il m'avait demandé. J'étais prêt à faire n'importe quoi pour lui à condition de pouvoir rester seul à la maison – sans Joseph.

Ma vie avait ressemblé jusqu'ici à celle de tous ceux qui laissent derrière eux un chez-soi malheureux, leur famille et ses chamailleries, un asile étouffant sur les berges d'un fleuve, et s'évadent vers un monde de lumière qui leur fait signe à l'orée de leurs rêves, un monde présent ici-bas pour qu'au moins un instant de leur vie scintille comme une étoile dans la nuit. Mais auprès de Mister Salgado, je me disais que je pourrais trouver davantage, quelque chose qui changerait réellement le monde et donnerait un sens à nos vies. J'astiquai l'argenterie, je comptai les couverts, je fis tout ce qu'il m'avait demandé, souhaitant, ce faisant, entrevoir le cadavre de Joseph… De quelle couleur serait-il ? Serait-il exsangue ? Grisâtre ? Sans toute cette eau et toute cette farce, ressemblerait-il à un pauvre sac vide, avachi ? Vidé de son sang, étripé de sa bourre qui ressortait par endroits, abandonné sans doute par son âme et les autres parasites, ce qui restait, dans le cas de Joseph, se réduirait à bien peu de choses : une musette en cuir toute ratatinée. Des os, du cartilage, de la chair putride et de la graisse. Je n'avais jamais vu un cadavre au naturel. À l'époque et dans notre région, c'était plutôt rare. Nos atrocités étaient ahurissantes mais elles restaient domestiques : le mari adultère que l'on démembrait, l'ivrogne qui commettait un homicide ; le cas échéant, près des zones plus urbaines où la communauté n'exerçait aucune emprise, où le privilège politique assurait protection, c'était de l'acide, jeté au cours d'une crise de jalousie. Mais les brigades de la mort n'existaient pas, il ne se trouvait pas non plus de voyous à ce point vicieux dans leurs carnages qu'ils n'éprouvaient de plaisir qu'en voyant un être se tordre sous une rafale de balles. Dans mon enfance, personne n'aurait jamais seulement songé à laisser un corps pourrir là même où il avait été abattu, mais, de nos jours, il fallait bien que les gens acceptent ça.

Dans l'après-midi, le soleil étant plus chaud que ces derniers temps, je regagnai la maison. J'allai m'asseoir derrière la baie vitrée dont les stores de bambou étaient à moitié relevés. Le sol était frais, à l'exception des endroits où donnait le soleil. La brise soufflait par-dessus les murs bas à parapet avant de s'infiltrer sous les tubes verdâtres des stores. Le seul fait de l'entendre vous rafraîchissait. C'était là notre version de ces jardins aquatiques que l'on trouve dans des pays plus sophistiqués ou dans l'ingéniosité de notre propre passé archéologique. Dans l'ombre, je regardais des fourmis cheminer sur une marche tiède, des petits hannetons noirs se hâter de traverser un désert, des soldats marcher dans les collines et des guerriers descendre de quelque paradis de la brousse céleste afin de protéger les racines d'une haie de crotons. Je me rappelais les cocotiers de ma prime enfance, le friselis de la brise à travers les feuilles. Un air simple, pur, qui ne connaissait pas la mort.

Ce qui me manquait plus que tout, c'était la proximité du réservoir. Le clapotis de l'eau sombre, les frissons nonchalants des feuilles de lotus, les rides de l'air tiède, l'ascension des cormorans, le vol plané silencieux d'un calao. Et ces moments si calmes où le monde s'arrêtait et la couleur s'animait tandis que le souffle bleuté de l'aurore éclairait le ciel ou que l'obscurité de la nuit embrumait le globe ; une couleur, un rayon de lumière incurvé et rien d'autre. L'eau demeurait intacte, tel un miroir, et la lune s'y reflétait. Au crépuscule, quand les forces des ténèbres et les forces de lumière rivalisaient, il n'y avait rien à craindre. Ni démons, ni maléfices, ni charogne. Un éléphant se balançant au rythme d'une musique que lui seul entendait. Une paix parfaite, que l'on aurait crue éternelle, même si la jungle pouvait à tout moment se déchaîner. Le réservoir était une mer que l'imagination humaine avait rendue sûre, une grande étendue d'eau qui garantissait la santé de nos corps, de nos esprits, et adoucissait nos vies ingrates. C'était cette eau qui manquait à la ville. La maison de Mister Salgado n'avait pas de réserve d'eau apparente, sauf lorsqu'il pleuvait. Mais l'eau de pluie avait tôt fait de disparaître : une heure plus tard, l'endroit était une vraie fournaise. Un barrage ou une rivière donnaient à un endroit une sorte de majesté dont je sentais que la maison, et nous-mêmes, avions besoin. Un an plus tard, je le persuadai, lui, le jeune *mahathaya*, d'installer une petite mare, un réservoir en aluminium, dans un coin du jardin. Hélas, ce ne fut pas un succès. L'idée était bonne, il dressa l'oreille quand je lui en fis part. « Des fleurs de *nelum* et des nénuphars, des poissons rouges à regarder le soir... » Il était heureux. « Parfait, mets ça dans le coin à côté du cerisier. » Voilà qui titilla son imagination, mais sitôt que l'on en vint à la réalisation, il partit dans de grandes théories sans faire preuve d'aucun sens pratique. Je me retrouvai donc ingénieur même si je n'avais reçu aucune formation en la matière. Je commis une erreur quant au choix de l'emplacement. L'arbre perdait tellement de fruits que la mare fut vite pleine de baies pourrissantes et de feuilles mortes. Les chauves-souris affluaient chaque soir, éclaboussant de leur fiente les feuilles des nénuphars ; l'eau croupissait. L'endroit devint la zone de reproduction d'une espèce de moustiques particulièrement vicieuse. Ils se repaissaient de moi. D'énormes monstres nantis de suçoirs rappelant des trompes d'éléphants. Mister Salgado, lui, trouvait cela de plus en plus intéressant : surtout les moustiques. Il se mit à étudier leur développement et écrivit un article sur les moustiques et les excréments de chauves-souris. Par la suite, il exposa sa théorie à un petit groupe d'étudiants. « Le moustique… », disait-il, et vous auriez cru qu'il invoquait un dieu dans le ciel. Les mains en cornet, j'essayais de saisir le moindre écho de chacun de ses mots. « Le moustique est un animal méconnu. Si nous négligeons de l'étudier et comptons juste sur le DDT, tant pis pour nous, à nos risques et périls… »

Périls… DDT… Animal. Tout cela était pour moi poésie. Avec lui, le ronronnement du moustique, qu'il imitait dans ses exposés, devenait aussi sensuel que le fredonnement du colibri.

Mais ce jour-là, assis seul sur le sol devant la baie vitrée, je n'avais aucune idée de l'avenir. Je ne croyais pas vraiment que Joseph était mort, ni que mon sort allait s'améliorer. Je le voulais, certes, et je me persuadais que si j'agissais comme s'il en était ainsi, il allait en être ainsi.

Il en serait ainsi. Qu'un petit dieu espiègle avec plus d'un tour dans son carquois interviendrait avec une flèche à trois pointes, aiguillonnant le destin vers mes désirs. Le jardin miroitait, je pouvais même entrevoir des mirages de notre rivière moirée de pierreries, peut-être aussi ce petit réservoir, ce *takarang* qui un jour serait réalité – notre mare – planant au-dessus de notre allée brûlante. Je me laissais flotter dans la chaleur de l'après-midi, tantôt gonflant au gré de la brise, tantôt m'étirant, triomphant de mon mal-être.

Un bruit dans la maison me réveilla. Je crus que c'était l'un des chats : la maison était un repaire de chats errants. Des chats galeux, infestés de puces et d'esprits rebelles ; ils chassaient les oiseaux qui avaient élu domicile chez nous. Mon argument à leur encontre était qu'ils allaient pisser sur nos buissons. Un jour, je découvris un matou orangé dans le bureau. Je me fâchai ; du coup, au lieu de ressortir par la fenêtre il se précipita vers la porte. Cet idiot faillit s'assommer car j'avais refermé la porte derrière moi en entrant. J'avais à la main ma ceinture que je m'apprêtais à faire claquer comme un fouet, mais tout ce que j'eus à faire fut de saisir l'animal par la peau du cou et le flanquer dehors. Ses yeux flamboyaient, leurs fentes s'élargissaient, virant au topaze. Il cracha, il chuinta, il miaula, jamais il ne revint.

Le salon était dans l'état où je l'avais laissé : une morgue aux meubles voilés de linceuls blancs. Je suivis le couloir menant aux chambres. La porte de celle de Mister Salgado était fermée. Je l'ouvris.

Joseph se tenait près du miroir. Il était livide. Ses yeux rouges ressortaient. Il avait déboutonné sa chemise et il se frictionnait le torse avec l'eau de Cologne de Mister Salgado. Du talc était retombé sur la table. Levant la tête, il m'aperçut dans le miroir, à l'autre bout de la pièce. Il marmonna tout bas quelque chose et se retourna prestement. Il se dirigea vers moi, me paralysant du regard. Impossible de bouger. J'avais beau avaler et ravaler ma salive, ma bouche restait sèche. Impossible de faire sortir de moi le moindre son. Joseph avait la bouche ouverte, sa langue gonflait entre ses dents. Je pouvais voir la bave mousser sur ses lèvres. Il fit un plongeon et m'attrapa. Je le frappai. Si j'avais pu lui donner un coup dans la mâchoire, sa langue se serait décrochée ; hélas, ses bras m'enserraient comme des courroies d'acier. Il me fit tomber sur le grand lit tout mou. Il était là, au-dessus de moi, deux fois ma taille, qui m'écrasait à me faire rendre l'âme, à m'étouffer. Son poing s'enfonçait entre mes jambes, me transperçant. Plus je me débattais, plus il redoublait de vigueur. Je lui mordis le bras, peu s'en fallut qu'il me rompe l'échine. À la fin, je me rendis, choisissant la mort. Je laissai la vie s'échapper de mon corps, il resta là, figé sur place. Alors, d'une main, Joseph défit son sarong et en sortit sa queue difforme et dégoulinante. Il la regarda, je me glissai, lui filai pour ainsi dire entre les jambes, et me retrouvai sur le sol. Il roula sur lui-même en se tenant. Il respirait fort ; son corps entier se mobilisait. Attrapant une chaussure sous le lit, je la lui expédiai à la figure. Impossible de hurler : j'étais sans voix. Me relevant d'un bond, je m'enfuis de la maison.

J'aurais voulu courir, courir jusqu'aux boutiques du carrefour, mais je savais que si je le faisais sans avoir Joseph à mes trousses, je ne saurais pas où il était. Je ne saurais pas quand je pourrais revenir. Je m'arrêtai donc au portail. Chacune de mes respirations semblait de feu ; tout mon être était prêt à exploser. Mais il n'y avait rien que je puisse faire. Il me faudrait attendre qu'il apparaisse.

Il finit par descendre l'allée et franchir le portail. Il disparut en bas de l'avenue. Je le suivis jusqu'à la grand-route, puis jusqu'à la mer. Je ne m'étais jamais aventuré de ce côté-là. Un car vint à passer, je perdis Joseph de vue.

De retour dans la chambre, le lit avait été rapidement refait, mais pas aussi bien qu'on aurait dû. Je pouvais encore sentir l'odeur de Joseph.

Cette nuit-là, j'appris à identifier le plus petit bruit dans l'obscurité. Le moindre craquement dans le jardin, le moindre ronflement sur la grand-route, le moindre battement d'ailes de la moindre chauve-souris qui criait dans l'arbre. J'écoutais tout en sachant qu'il était difficile d'entendre des pas, le sol de l'allée étant très dur. Je regrettais de ne pas avoir éparpillé des journaux ou des feuilles mortes, ou de ne pas avoir tendu à une dizaine de centimètres au-dessus du sol des fils activant une cloche. Mais je ne l'avais pas fait. Et c'était impossible maintenant, dans le noir, alors qu'il pouvait fondre à nouveau sur moi.

Mister Salgado gara sa voiture bleue sous le porche. S'agrippant au toit, il s'en extirpa. La voiture grinça sous l'effet de son poids ; elle pencha d'un côté, il dénoua ses longues jambes. « Où est Joseph ? »

Je répondis que je ne savais pas.

« Dis-lui de venir.

— Il n'est pas à la maison, monsieur.

— Comment ? »

Je n'avais pas fouillé la maison, mais s'il y était retourné, je l'aurais senti, j'en étais sûr. « Il est absent depuis hier. »

À la façon dont Mister Salgado me regarda, ce que je disais lui paraissait du charabia. « Qu'est-ce que tu veux dire ?

— Il est parti quelque part, monsieur. Il ne m'a rien dit. »

Les yeux de Mister Salgado se rétrécirent et un petit sillon vertical creusa son large front, aspirant la peau là où se rejoignaient les sourcils. « Occupe-toi de décharger, dans ce cas. » Il ouvrit le coffre de la voiture. Il était plein de fruits et de noix de coco. « Prends tout ça… » Il agita la main : « Emporte-le à l'arrière. »

Il entra dans la maison, perdu dans ses pensées.

Je me demandai ce qu'il savait vraiment au sujet de Joseph.

J'emportai à la cuisine les noix de coco toutes lisses, toutes brillantes et rosées ainsi qu'un petit chariot rempli de bananes plantains. Quant à son sac, je le déposai dans sa chambre.

« Du thé, monsieur ? Je vous en apporte ? »

Il me regarda comme si j'étais un complet étranger, puis quelque chose fit tilt dans son esprit. « Oui. Apporte-moi du thé. »

Ça faisait drôle d'être la seule personne ici à veiller sur lui. Mais je savais ce que je devais faire. Personne n'avait à me le dire.

Me voyant de retour avec le plateau du thé, il me demanda : « Alors, où est allé Joseph ?

— Il a pris le car et il est parti.

— Un car est venu ici ?

— Non, monsieur, il est allé le prendre sur la route principale.

— Tu l'as accompagné ?

— Non, monsieur, je l'ai vu. J'allais au *kadé.* »

Je ne sais pas pourquoi j'avais menti, mais il m'arrive parfois de commencer à dire ce qu'il ne faut pas dire et puis je m'aperçois que je ne peux plus m'arrêter. Je voulais lui dire exactement ce que j'avais vu et ce qui s'était passé. Mais les mots refusaient de sortir. Je n'avais aucune envie de ternir ma réputation en racontant – en exprimant par des mots – ce qui s'était passé : cela aurait tout gâté. Nous aurions eu Joseph à jamais entre nous. Ce n'était pas ce que je voulais. Mieux valait, pensais-je, ne rien dire. Comme ça, qui sait, l'incident s'estomperait. Disparaîtrait. Faute de mots pour l'alimenter, le passé mourrait. Mais je me trompais. Le passé ne disparaît pas comme ça. Ce qui s'est passé *s'est* passé. Cela s'accroche aux frocs de l'âme. Peut-être que le mettre en mots peut le figer. Le démembrer. Peut-être que le passé peut ensuite finir dans un carton, comme une lettre, avant d'être enterré. À moins que jamais rien ne puisse être enterré… J'étais inquiet à l'idée de ce que je devais dire. Je ne pouvais en aucune façon lui dire la vérité, malgré tout le désir que j'en avais.

À la fin de l'après-midi, j'entendis le portail se rabattre. Joseph apparut dans l'allée, l'air fanfaron. Une volée d'oiseaux en train de picorer s'éparpilla sur son chemin. Tout en lui incitait à la méfiance. Il avait sous le bras un petit paquet, enveloppé de papier journal ; son sarong était remonté de quelques centimètres, pour se donner des allures de *chandiya.*

Plus il s'approchait et plus les corbeaux croassaient. Je sentis le vent souffler en direction de la maison, les branches du gros arbre blanc se penchèrent vers nous tandis que les esprits du jardin s'attroupaient.

Je voulus crier que Joseph était là, mais je n'eus pas à le faire : debout devant la baie vitrée, Mister Salgado le regardait se diriger vers la maison.

« Où es-tu allé ? l'entendis-je demander.

— À Pettah, monsieur. »

Mister Salgado était debout sur la marche. D'une main il coinçait son menton entre deux longs doigts crispés, de l'autre, il soutenait son bras. Il regarda Joseph un moment, sans mot dire. « Et qu'est-ce que tu as trouvé ?

— Rien, monsieur.

— C'était donc le colis ? »

Joseph paraissait un peu chancelant. Depuis le jardin, je ne pus voir son visage qu'au moment où, haussant les épaules, il s'éloigna de Mister Salgado. C'est là que je me rendis compte qu'il était ivre : ses yeux brillaient.

« Tu ferais mieux de partir », dit calmement Mister Salgado. Si calmement que je l'entendis à peine. Ivre qu'il était, Joseph ne l'entendit sans doute pas. Mais vu le ton de Mister Salgado, vu l'angle d'inclinaison de sa tête et son regard, le message était clair : on lui donnait purement et simplement son congé. *Débarrasse le plancher. Roule ta natte et disparais.* Avec la retenue et la réserve qui le caractérisaient, Mister Salgado flanquait notre Joseph à la porte. Il était renvoyé. Joseph ne comprenait pas.

« Si j'ai un conseil à te donner, c'est d'être parti avant la tombée de la nuit. Fais ton balluchon et va-t'en. Que je ne te revoie jamais ici. » Là-dessus, Mister Salgado se retourna et rentra dans la maison. Au moment de disparaître, il fourra la main dans sa poche et en ressortit une liasse de billets. Il les laissa tomber sur la table : un mois d'indemnité de licenciement, le préavis de Joseph. Avec ces trois phrases laconiques, le cours de la vie de Joseph avait changé. On aurait dit un buffle dont la tête aurait été tranchée d'un seul coup d'épée de Kali : il était mort, mais la tête n'était pas encore tombée. Une microseconde d'illusion et de réalité combinées. Vivant et mort tout à la fois. Le temps s'évanouissait, goutte à goutte, avec chacune de ses respirations.

Joseph me fit pitié, même si je le détestais ; sitôt qu'il fut tombé en disgrâce, mes sentiments pour lui se mirent à changer. Tout comme lorsque l'on pousse très fort une porte têtue et que celle-ci cède tout à coup, vous forçant à tirer en arrière pour retrouver votre équilibre et ainsi éviter d'être projeté dans le vide. Voilà ce que j'éprouvais à l'égard de Joseph. Avec ces quelques mots calmes, à peine audibles, Mister Salgado avait bouleversé notre univers. Non seulement celui de Joseph, mais le mien. Nous allions vivre une révolution. À la lumière de cette constatation, Joseph semblait changer là, sous mes yeux : de baril baveux d'écume, grouillant de grenouilles rachitiques, il devenait un pitoyable bonhomme obsédé par le petit univers qu'il avait traité de haut, mais, pour le moment, il était trop soûl pour comprendre ce qui se passait. Il se gratta l'oreille et se décida à ramasser l'argent, puis il s'éloigna d'un pas traînant vers nos quartiers ; tout juste s'il me remarqua.

C'est en fumant des mégots de cigarettes et en vidant des chopes de bière ou des verres à liqueur laissés par les visiteurs de l'auberge où il travaillait avant d'entrer chez Mister Salgado que Joseph avait développé, je pense, sa propension à la léthargie. Il était de ceux qui sont assez dextres pour couper d'eau la bouteille tout en versant à boire. Mais il ignorait ses limites. Il s'imaginait que sa connaissance des habitudes de ses supérieurs lui permettrait de devenir l'un d'eux. C'était sa frustration, de se rendre compte qu'il n'y avait pas d'avenir pour les gars de son espèce, qui avait fait de lui un monstre. L'ambition le dévorait : du cerveau, elle s'en était prise à ses yeux, puis à sa gorge, et même à sa queue. Avec l'âge, il se faisait plus coriace, jusqu'au jour où il ne serait plus qu'os et viande. Il n'y avait place en lui ni pour une conscience, ni pour une morale, ni pour une vie intérieure. Il était devenu un imbécile, un monstre stupide. Les esprits malins avaient trouvé le chemin de son cœur. Mon Mister Salgado à moi était trop innocent pour comprendre, mais ce jour-là, il avait eu une lueur et avait su d'instinct ce qu'il fallait faire.

Je ne dis pas un mot à Joseph. Il gagna sa chambre, je

l'entendis ranger ses affaires. Un peu plus tard, il réapparut. Des échos d'une conversation entre lui et Mister Salgado me parvinrent, sans que je puisse saisir ce qu'il lui racontait. Mister Salgado ne semblait pas lui répondre. En ressortant, Joseph me cracha aux pieds. « Salauds, va! Vous en boufferez de la merde un de ces jours! Oui, de la merde! » Il se retourna et disparut en lançant des imprécations contre la maison et en jurant ses grands dieux qu'il reviendrait enterrer des crânes de singe et des entrailles de porc dans notre jardin.

Mister Salgado m'appela dans la soirée. Il allait dîner en ville. Lucy-*amma* n'était pas encore de retour. Il me demanda si Joseph était parti.

« Oui, monsieur, lui répondis-je. Il a pris toutes ses affaires et il est parti.

— Il ne reviendra pas. » Mister Salgado me regarda. « Peux-tu t'occuper de tout ? »

J'acquiesçai de la tête, sans même savoir au juste ce qu'il attendait de moi; une seule chose comptait: mon rêve se réalisait…

« Dans ce cas, tu seras en charge de toute la maison. »

Je me sentis écrasé par une telle responsabilité. « Monsieur, je sais pas *tout* faire. J'aurai peut-être besoin d'un peu d'aide. » Il baissa la tête, laissant sa voix nous envelopper. « Lucy fera la cuisine, mais tu ferais bien d'apprendre à ses côtés, dit-il. Tu n'auras pas de difficultés à apprendre, je vois ça. Tu es un *kolla* astucieux. Franchement, tu devrais aller à l'école…

— Non, monsieur. » J'étais alors persuadé qu'il n'y avait rien qu'une école surchargée d'élèves, où je me sentirais perdu, puisse m'apporter que je ne trouverais dans une maison si avenante que la sienne. « Tout ce que j'ai à faire c'est de vous observer, monsieur. Observer ce que vous faites. Comme ça, je pourrai vraiment apprendre. »

Il soupira, nous larguant lentement dans l'avenir. « On verra bien … »

Et c'est ainsi que je l'observais, que je l'observais sans fin, tout le temps, et que j'appris à devenir ce que je suis.

II

Les joies du cuisinier

Par tout le globe des révolutions éclataient, des dominos vacillaient, l'ère de la guérilla arrivait. Sur notre petite île, la première femme Premier ministre – Mrs Bandaranaike – perdit cette place qui avait fait couler tant d'encre, et moi, j'appris l'art de bien tenir une maison.

Sam-Li, au numéro cinq de notre allée, m'enseigna l'art de faire revenir les aliments dans une poêle et de confectionner un nénuphar avec de la ciboule. À la porte voisine, Ravi, le jeune fils du docteur Balasingham, un passionné du Grand Ouest américain, m'initia à l'histoire des Apaches dans la cour de son père. Il hurlait *Geronimo!* et envoyait des flèches que j'avais ferrées de clous aplatis et empennées de plumes de *bulbul*. Un jour, il m'atteignit à la tête: un bon demi-centimètre de clou dans mon crâne, un trou que je sens encore dans les moments de tension. En retour, pour avoir fait le mort et pratiqué des exorcismes mineurs, il me laissait dévorer ses premiers livres de classe et ses manuels de lecture anglais. Il avait un *guru* pour lui tout seul, il le singeait, se grattant l'aine et raillant mon intelligence bornée de mangeur de riz tout en chantant les louanges des perroquets et des mainates aux ailes coupées, oiseaux surdoués qui vivaient encagés chez lui. Cela ne me gênait pas : je retirais de nos rencontres plus qu'il ne le pensait.

Le camelot cessa de venir après le départ de Joseph, mais les autres vendeurs continuèrent leur démarchage ; avec le temps, ils apprirent à me traiter comme celui qui était en charge de la maison. Lucy-*amma* était retournée prendre sa retraite dans son village de la jungle, à présent en pleine expansion. J'arborai la raie au milieu, grandissant par à-coups tout en m'émerveillant de la façon magique avec laquelle j'avais fait mon trou dans cette maison.

Mr Dias Liyanage était le meilleur ami de Mister Salgado. Ils se connaissaient depuis les bancs de l'école. Après des études universitaires, Dias avait suivi les traces de son père, il était devenu fonctionnaire. Son père s'étant occupé d'organiser la visite de la reine lorsqu'elle était venue d'Angleterre pour la première fois, Dias se vantait souvent de lui avoir parlé, ajoutant que, gamin en culotte courte, il l'avait même accompagnée à Polonnaruwa. Il racontait des tas d'histoires qui faisaient rire Mister Salgado de son rire calme. « Mais voyons, Dias, reprenait-il, taquin. Tu devais être en train de préparer ton bac à l'époque ! » Dias prenait alors un air étonné : « Comment ? Mais non, mais non… ! » Il faisait une pause puis admettait : « D'accord, j'avais seize ans et je portais déjà un pantalon de collégien. » Il allongeait le cou hors de son col, comme une tortue, remuant la tête tandis qu'il faisait ressortir une autre histoire du fin fond de sa gorge.

Un soir, il arriva tenant sous le bras un dossier en cuir tenu par un ruban rouge. « Dis-moi, Triton, où est-il ? » Mister Salgado était dans son bureau. J'allai le prévenir. « Alors, quoi de neuf ? demanda Dias en pénétrant dans la pièce d'un pas tranquille. Tu as eu des nouvelles ?

— Si nous prenions d'abord un verre ?

— Juste un, dans ce cas. D'accord. »

Je rapportai une bouteille de bière toute fraîche, j'en servis deux grands verres pleins à ras bord.

Dias me fit un grand sourire. « Ça fait du bien, frais comme ça, tu ne trouves pas, Triton ? Ce que c'est bon ! » Il tira sur sa cigarette et but une longue gorgée. « Ah ! Merveilleux. Dis-moi, ces saligauds ont déjà fait des remarques sur le projet ? Y a-t-il un boulot ? Ou est-ce que ta fichue association attend de voir d'où vient le vent ? » Ses épaules s'agitaient tandis qu'il riait, et sa tête rebondissait comme un punching-ball, lâchant des bouffées de fumée. Il avait un rire entrecoupé de hoquets qui semblait se faire plus fréquent lorsqu'il était en compagnie de Mister Salgado. Un homme toujours jovial, notre cher Dias-*mahathaya*. Bien différent de Mister Salgado. Il était plus petit que lui, mais en raison de sa volubilité et de son effervescence, il paraissait prendre plus de place. Il fumait cigarette sur cigarette et une écume de mots haut perchés, de murmures et, il faut le dire, de renvois incontrôlés, enfumés, sortait de lui à gros bouillons. Ses amis trouvaient cela sympathique et l'appelaient parfois Alka-Seltzer en souvenir des sels avec lesquels ils purgeaient leurs excès du week-end.

« Tu ne le croiras pas, mais je suis allé faire un petit tour en bateau la semaine dernière à Hikkaduwa. Un de ces machins avec un fond en verre. Comme tu le dis, c'est incroyable tous ces trucs sous l'eau ! Ça m'a fichu le tournis rien que de regarder ça. Jamais je ne m'étais rendu compte qu'il y avait autant de formes aussi fantastiques. Certains poissons c'est quelque chose, pas vrai ? »

Mister Salgado acquiesçait de la tête. « Nous devons aller plus au sud, reprit-il. Au-delà de Galle, c'est extraordinaire. Fabuleux. Mais c'est en train de disparaître. Il faut absolument que je t'y emmène avant qu'il n'y ait plus rien.

— Je t'ai rapporté des documents que les gens de nos pêcheries ont rassemblés. Ils parlent aussi de cette affaire de corail. »

Mister Salgado défit le gros nœud et ouvrit le dossier. Il le feuilleta. « Tu vois, on a commencé à mener des enquêtes dès les années 1880, mais je ne crois pas que l'on comprenne réellement ce qui se passe. Le corail pousse presque aussi vite que tes ongles, quant à savoir à quelle allure il disparaît, ça, c'est un mystère !

— Qu'est-ce que tu veux dire, qu'on y va à la dynamite et tout le bazar ?

— Bombes, mines, filets... Tout est bon ! » Mister Salgado laissa tomber le dossier sur la petite table. « Tu vois, ce polype est vraiment très fragile. Il a survécu aux siècles, mais le moindre changement dans l'environnement immédiat – même si, oui, même si tu urines sur le récif – peut le tuer. Alors tout s'en ira. Et si la structure est détruite, la mer se précipitera. Le sel disparaîtra. La plage disparaîtra. C'est là mon hypothèse. Tu vois, seule la peau du récif est en vie. C'est de la vraie chair : immortelle. Qui se renouvelle d'elle-même. » Mister Salgado leva les bras au ciel : « Mais qui s'intéresse à ça ?

— C'est bien pour ça qu'ils ont besoin de toi, *men* : l'Association. Même le gouvernement. Le ministère. Sinon, un dingo ira s'en goinfrer un de ces jours pour son petit-déjeuner. » Dias alluma une cigarette au mégot rougeoyant de la précédente. « S'en goinfrer, hein ! Un bon petit-déjeuner... ?

— Ils disent qu'ils ont des fonds, mais j'avoue que je reste encore assez partagé à ce sujet.

— Ne sois pas ridicule, Ranjan. Tu te dois de donner suite. Après toutes ces communications et tout et tout, après la lettre que tu as envoyée à ce *gonbass* ministre. Tu dois ça au pays, quoi, *men*! Tu ne peux pas tout laisser tomber comme ça maintenant. »

Mister Salgado sombra dans son fauteuil et il se mit à frotter ses lèvres avec deux doigts serrés l'un contre l'autre, tout raides, comme s'il sondait les contours internes de sa bouche. « Mais tu peux être sûr que si cette chose prend la moindre ampleur, un gros manitou de la politique ira mettre sa grosse patte dessus et il faudra que j'aille tous les jours lui demander des faveurs et que je lui en fasse en retour. Oui, il faudra que je passe ma vie à cajoler, à dorloter, à faire de la lèche, à leur gratter le dos, à casser des noix de coco, à couper le riz, à jouer les mécènes toujours et partout. Pourquoi aurais-je envie de faire tout ça ? Je refuse de me sentir obligé à l'égard de qui que ce soit. Je peux très bien vivre sans ça.

— Ridicule, *men*. Ces gars ont leurs problèmes. Entre la dévaluation de l'année dernière et les palabres du conseil municipal, qu'est-ce que tu t'imagines ? La seule chose qu'ils veulent ce sont des histoires de réussite. Pour montrer que ce pays est enfin en train de rejoindre le XXe siècle. Une Land Rover, un gros dossier. De la politique, ça. C'est tout.

— Tu sais, je n'ai pas tellement d'expérience en la matière. La seule chose, c'est que personne n'en sait beaucoup plus long.

— Tu l'as dit, c'est exactement ça.

— Il faut encore que j'y réfléchisse.

— Écoute, Ranjan, tu te fais parfois du tort à force de trop réfléchir… »

Ils étaient arrivés au bout de leur bière et Mister Salgado allait bientôt vouloir se ragaillardir et ragaillardir Mr. Dias avec une autre bouteille et un plat encore fumant d'*idyapan*, corsé d'un curry de poisson à vous emporter la bouche.

J'étais devenu expert à la cuisine. J'avais beau me servir de ma main comme spatule pour faire frire des boulettes de poisson, la phalange du milieu de mon petit doigt de la main droite restait aussi sensible qu'un tube de mercure lorsqu'il s'agissait d'évaluer la température idéale pour que mon *idyapan* soit parfait. Je m'y connaissais aussi pour le curry sur le pouce. Un beau plat de saumon rouge pourrait donc être sur la table en douze minutes chrono, ce que tous deux apprécieraient.

Ce soir-là, la farine était humide, il me fallut la faire dorer sur un plateau en métal avant de la tamiser. J'étais en train de la passer dans un entonnoir en papier journal quand Mister Salgado entra. Il me demanda ce que je faisais. Je lui répondis que je préparais des *idyapans* pour le dîner.

« Ne t'inquiète pas, Dias-*mahathaya* est parti. »

J'en fus étonné mais je feignis de ne pas l'être, haussant les épaules.

« Et pour vous, monsieur ? »

Il secoua la tête : « Rien.

— Voyons, monsieur, prenez quelque chose… » insistai-je.

Il réfléchit un moment, faisant du regard le tour de la cuisine. Il aperçut alors ma petite pagode de serpentins d'osier toute prête à accueillir les *idyapans*. Une ombre parut effleurer son visage. « Un sandwich, finit-il par dire. Apporte-moi juste un sandwich. »

Malgré son appréhension, Mister Salgado accepta ce travail. Ses absences suivirent vite un horaire régulier : il s'en allait, moteur vrombissant, à huit heures trente, et ne rentrait que vers douze heures quarante-cinq. Je lui servais son déjeuner, puis il allait faire la sieste dans sa chambre. En général, peu après quatorze heures, il retournait à son bureau. Il s'en allait parfois en voyage, filant en direction de son observatoire sur la côte. Il passait des jours et des jours là-bas, juste au-delà de la ville natale de Joseph, à l'extrême sud, là où la côte remonte vers le nord – le pays enchanté des exorcistes, des danses sataniques et des éléphants sauvages, qui date d'une époque bien antérieure à l'apparition de notre bon seigneur Bouddha venu nous libérer de nos démons déments. En son absence, j'avais tout mon temps : le monde m'appartenait. Il y avait beaucoup à faire. J'appris vite qu'il faut s'acharner à la tâche, sinon la nature a tôt fait de prendre le dessus et on perd pied : les pièces s'ensablent, les portes perdent leurs gonds, la cuisine se tapisse de moisissure noire, et il faut vous frayer un chemin dans l'obscurité. Mais je m'aperçus que quelques heures suffisaient à tout garder en ordre, ce qui me laissait le loisir de profiter simplement de la vie. Le docteur Balasingham, notre voisin immédiat, avait prudemment émigré en Amérique avec sa famille, il avait élu domicile dans une cabane des Appalaches, j'avais donc perdu mon compagnon à la tête emplumée. Mais peu importait : je continuais à progresser en lecture. Je passais beaucoup de temps dans le bureau de mon maître, plongé dans ses *Reader's Digest*, ses *Life* ou ses almanachs. Il y avait une table basse près des étagères sur laquelle, après son bain, il allait s'asseoir, un livre sur les genoux. Je pouvais sentir un frisson d'air à chaque page qu'il tournait ; l'une après l'autre, les feuilles de papier retenaient une lumière citronnée. Moi aussi j'aimais m'asseoir, libre de toute contrainte, dans une pièce à moi, vide de tout passé, sans rien à l'intérieur, sans rien autour. Rien qu'une voix emmitouflée dans du papier. Rien qu'un canevas de signes pénétrant ma quiétude. J'avais l'impression que quelqu'un gravait quelque chose dans le tissu gris et mou de mon cerveau, que quelqu'un écrivait sur l'eau, faisant clapoter mon esprit. Je m'abandonnais, la peau du livre caressant la peaù de mon pouce et de mon index. Absorbant pensée après pensée, j'oubliais où l'une commençait, où l'autre se terminait. Seul bruit, celui de la pelure d'oignon frémissant d'histoire en histoire, comme un arbre au vent dans un verger… Mais je rêvais aussi du monde réel ; je voulais voir le fameux océan de Mister Salgado, je voulais voir la vie telle qu'elle était au-delà du portail. J'en eus l'occasion le jour où Mr Dias tomba dans un égout.

Cela se passa juste devant la maison. On était en train de construire un nouveau pavillon sur les quelques mètres de terrain vague à côté du numéro dix, et on avait creusé une fosse qui rejoignait l'allée. On avait posé de grosses planches des deux côtés. Au lieu de marcher au milieu de l'allée comme n'importe quelle personne sensée l'aurait fait, Dias cheminait sur le côté. Soudain les deux bergers allemands qui logeaient au numéro dix se précipitèrent au portail, l'air féroce ; Mr. Dias détala comme un lièvre : deux secondes plus tard, il glissa et tomba dans la fosse. Je dus aller lui porter secours. Couvert d'une boue rougeâtre, épaisse, il jurait comme je ne l'avais entendu jurer auparavant : « Merde de merde de merde, quelle connerie de nom de Dieu ! »

« Quel endroit de merde ! » dit-il à Mister Salgado en entrant dans la maison. Sa mauvaise humeur le rendait méconnaissable. « Pour un trou à merde, c'en est un ! » me dit-il.

Mister Salgado annonça : « J'emmène Dias-*mahathaya* à l'observatoire, tu viens aussi.

— Que dois-je prendre ? demandai-je.

— Juste les affaires ordinaires. »

Mais qu'est-ce que ça voulait dire, *ordinaires?* Il n'y avait rien d'ordinaire à vivre dans cette maison extraordinaire, à filer tout droit vers rien d'autre que l'oubli, autant que je pouvais le voir. « Mais, monsieur, je ferai la cuisine ou quoi ? » D'habitude, quand il partait seul, je faisais ses bagages : son pantalon de treillis kaki, sa saharienne jaune, son maillot de bain, ses slips et ses chaussettes blanches ; sans oublier de grosses bottes marron dans un sac à part. Lorsqu'il était seul, il descendait dans une auberge des environs, mais comme nous y allions tous, je ne savais pas au juste ce qui était prévu.

« Oui, il faudra que tu fasses la cuisine. Wijetunga n'a sur place qu'un jeune *kolla.* Tu ferais bien d'emporter du linge de maison et le reste. Nous descendrons tous au bungalow. »

Il me fallut préparer les condiments, la farine, l'huile – les essentiels de la cuisine – dans un carton. Penser à la bière, à l'eau, au thé, au lait en poudre, au sucre. Mettre bacon et beurre dans la glacière. Sans oublier ma poêle à frire, mon couteau à découper. Il y en avait des choses! Je voulais être sûr que tout serait parfait, où que nous allions.

Mr. Dias réapparut après une douche et après s'être changé. Mister Salgado nous prit tous deux sous un feu de questions : j'avais pensé à la plupart des choses mais il y en avait certaines, comme son Leica et sa radio, que j'avais oubliées. C'était à lui et non pas à moi de décider s'il fallait ou non les prendre. J'étais là à courir après tous ces trucs et ces machins, les entassant sur le porche : une petite montagne de civilisation portative extraite de la vieille maison, et prête à être entreposée à l'arrière de la Land Rover.

Mister Salgado aimait arranger lui-même les affaires dans le véhicule. Il ouvrit l'arrière et commença à y placer les cartons. Je voulus l'aider. « Non, mets ça dans ce coin-là... Parfait. Maintenant, pose ça ici. » Il menait ça de main de maître. Il savait exactement quelles formes s'emboîtaient, utilisant au mieux l'espace qu'il avait. La montagne de nos possessions disparut en une configuration ordonnée, qu'il avait prévue dans sa tête : le tout prenait moins de place qu'un lit de camp.

Dias gloussa son approbation. « *Sha!* Impeccable ! Comment as-tu réussi à tout faire tenir, *men*! Un vrai génie !

— Parfait. Alors, Dias, tu es prêt ?

— Prêt à tout. Allons voir ton fichu océan. »

Mister Salgado se tourna vers moi. « Tout est bien fermé ? Les portes et tout ? »

Je tourbillonnais dans la maison comme une mouche bleue. Il restait encore à verrouiller la porte de service, mais c'était tout. De retour sur le porche, je trouvai les deux hommes installés dans le véhicule. Mister Salgado était à la place du chauffeur, comme toujours ; Dias était assis à ses côtés.

Le véhicule franchit lentement le portail que je refermai avec soin à l'aide d'une grosse chaîne galvanisée. « Monte », dit Mister Salgado en pointant le pouce derrière son épaule. Je sautai à l'arrière et nous démarrâmes.

« Ah ! le sud où il fait si bon... », marmonna Mister Salgado, passant doucement à la vitesse maximale tandis que nous roulions à l'ombre des gros arbres.

« Comment ?

— Un poème...

— Lequel ?

— Un poème anglais. Mon père récitait des poèmes comme ça.

— Attention ! Attention ! Regarde cette foutue vache ! »

Mister Salgado braqua et nous fîmes une embardée sur

la droite, heurtant la queue de l'animal qui passait, mais, heureusement, rien d'autre. Dias se mit à rire. « Tu touches, tu prends. » La tête de Dias dansait dans tous les sens. Mister Salgado paraissait inquiet. Par la vitre arrière, je vis une masse rachitique qui se propulsait en tanguant : la vache traversait la route clopin-clopant, ivre d'adrénaline mais quasiment indemne. Les doigts crispés sur le volant, Mister Salgado regardait droit devant lui. Il ne disait rien. Dias se tordait toujours de rire. De la fumée bleue s'échappait de sa bouche. Il se secouait en riant, et sa tête continuait à danser sur ses épaules rondes et grasses. J'étais moins allègre : écraser une vache, source de lait et fidèle tâcheronne, n'augurait rien de bon. Ça ne se faisait pas, même si vous aviez l'âme poétique, même si vous étiez en route pour arracher l'île à la mer et l'esprit à la désolation des ténèbres. Par chance, nous arrivâmes bientôt à un temple imposant, à côté d'un pont. Camions et autocars encombraient la route. Nous fûmes obligés de nous arrêter.

« Tu vas aller mettre tes dix centimes pour les dieux ? » demanda Dias.

Mister Salgado haussa les épaules. Des gens priaient à côté du *Bo-tree*, sur le parvis du temple, tandis que chauffeurs et voyageurs allaient fourrer de l'argent au fond d'un tronc encastré dans le mur. Je me penchai : « Monsieur ? » Je trouvais que nous devrions…

« D'accord, vas-y, mais fais vite. »

Je bondis de la voiture et j'allai glisser dix centimes dans le tronc, pour toutes nos intentions, joignant les mains à la hâte, un geste qui ressemblait davantage à un applaudissement qu'à un geste d'adoration. Dix centimes solderaient sans doute notre compte, débiteur de la vache qui cheminait perdue dans ses rêveries.

« C'est bon ? » me demanda Mister Salgado lorsque je remontai.

Tous deux s'imaginaient céder à mes habitudes peu éclairées, alors qu'en fait je n'étais pas croyant. À ma façon, je suis rationaliste, comme Mister Salgado, mais peut-être que je prends moins de risques. Je crois à l'obéissance tactique, un point c'est tout. S'il existe la moindre chance que le temple exerce une quelconque influence, s'il existe une force, une créature, une divinité ou quoi que ce soit qu'une pièce de dix centimes glissée dans une boîte en métal puisse apaiser, alors à quoi bon prendre un risque ? Au pire, les dix centimes serviront à l'entretien des lieux ou à remplir le ventre d'un moine qui, sans ça, pourrait bien être en train de faire des siennes dans les rues. Je laissai donc tomber les pièces dans le tronc en sachant ce que je faisais, contrairement à ce que Mister Salgado et Mr Dias pouvaient penser.

En les regardant de dos, je découvris une énorme différence entre eux, surtout en ce qui concernait leurs oreilles. Tous deux étaient, bien sûr, des hommes intelligents et cultivés, mais les petites oreilles de Dias étaient rivées à un crâne d'où s'échappait régulièrement une discrète bouffée de tabac. On les distinguait difficilement du reste de sa tête, elles étaient encore en voie de formation : des embryons d'oreille, des bourgeons, insensibles aux appels de la nature, insensibles à mes appels précédents pour une pause-pipi : « Monsieur, *subarai*! » Alors que Mister Salgado, lui, avait une paire d'oreilles articulées de façon nette et précise. Chacune était une main formant un élégant cornet, long et mince, relié à la tempe par une tige évasée, exactement à mi-hauteur, enseveli sous ses cheveux noirs. Les lobes étaient divinement longs. Ces deux têtes et leurs oreilles respectives me semblèrent un moment appartenir à des espèces différentes que les limites d'un véhicule et le lien d'une langue commune auraient rapprochées. Je tâtai mes oreilles, afin d'essayer de visualiser leur forme en trompette. Elles étaient grandes, en tout cas plus grandes que celles de Dias, mais je tirais sur les lobes pour les allonger. Plus elles étaient longues, mieux c'était, disait mon oncle, et après tout, je n'avais pas fini de grandir. Dias, lui, avait terminé sa croissance.

Dias était né à l'époque des Anglais. Il était encore petit, à Galle Face Green, en 1942, quand les Japonais avaient attaqué Colombo. « Six Zéro sont arrivés, alors j'ai couru à toutes jambes m'abriter », lançait-il, soucieux de produire son petit effet dans les soirées. J'entendis son histoire pour la première fois dans notre salle à manger, tandis que le riz cuisait à la vapeur et que leurs doigts martelaient la table ; je crus longtemps qu'il parlait d'argent tombant du ciel, comme en Angleterre, où, disait-on, tout le monde s'enrichissait après la pluie. Six zéros, dix lakhs, un million de roupies... Je finis par me dire que c'était peut-être ainsi que Mister Salgado s'était retrouvé aussi à l'aise, jusqu'au jour où je compris que c'était d'avions qu'il parlait. Ceux-ci surgissaient en vrombissant d'on ne sait où au-delà du rivage, porteurs de bombes destinées à anéantir l'île ; c'étaient les premières explosions de ce genre. Des explosifs remplaçaient les *parangiya*, ces boulets de canon du XVIe siècle, signes avant-coureurs de la période d'auto-flagellation qui suivrait, quarante ans plus tard, avec nos escadrons de MIG remis à neuf et leurs bidons de napalm fabrication maison, imitant une guerre du ciel plus terrible qu'aucun kamikaze ne l'aurait jamais imaginée. Dans sa course folle, Dias, toutes oreilles aplaties, rentra dans la carriole d'un marchand de pois chiches et renversa une bassine de cacahuètes sur la chaussée. Le vacarme, semble-t-il, effraya tant et si bien un colonel en train de mitrailler le ciel d'imprécations obscènes qu'il se tira une balle dans le pied. « Le fusil, voyez-vous, poursuivait Dias un tantinet éméché, était posé sur le bout de sa chaussure, comme un pépin de luxe. Au milieu de toute l'agitation et de tout ce tapage, le gars appuya sur la gâchette. Et il flanqua en l'air son foutu orteil! » Ce fut la seule victime du quartier. Il fallut l'emmener d'urgence à l'hôpital. Bébé Dias se fit tellement gronder qu'il grimpa dans son lit où il dormit douze heures d'affilée en tétant sa plaque d'identité en aluminium, tandis que le reste de la ville rassemblait ses forces pour faire face à l'envahisseur. D'autres coups de fusil suivirent, un avion fut abattu dans une rizière puis les bombardiers japonais disparurent dans le soleil rouge, vaporeux. La guerre alla frapper ailleurs, oubliant par bonheur ce coin où quelques soldats et marins alliés qui avaient tiré la bonne carte passèrent le reste de leur temps sous les drapeaux à se bagarrer à coups de papayes et de figues de barbarie, faisant provision de joyeux souvenirs d'idylle tropicale pour leur Pavillon des Vétérans, à Eastbourne ou Chichester. Et c'est ainsi que, fasciné par toutes ces histoires de pesanteur, de cacahuètes et de coups de fusil autour de son ami bébé Dias en cet avril fatidique, le petit Mister Salgado devint un génie de la science et un amoureux de poésie : « Le mouvement, disait-il d'une voix profonde, intime, pour parachever le récit de son cher ami, le secret est dans le mouvement. »

Dans mon enfance, quand j'allais à l'école, j'appris notre langue, l'histoire et des rudiments de géographie, mais les sciences demeurèrent pour moi un gros trou noir. Mon instituteur, un passionné d'éducation, laissa l'enseignement des sciences aux soins de la nature, présumant que pour peu que nous soyons curieux, nous en apprendrions bien assez en jouant. Le langage, disait-il, était ce qui nous différenciait du singe, et c'était là ce qu'il voulait enseigner. Toutefois, mon Mister Salgado m'apprit l'inverse : le langage, ça s'acquiert naturellement – tout le monde parle, pas de problème – mais la science, elle, doit être abordée avec méthode, par l'étude, si l'on veut jamais émerger de la bourbe de nos superstitions obsessionnelles. C'est elle qui transforme nos vies. Qu'est-ce qui doit passer en premier, l'électrification du village ou l'illumination des esprits ? demandait-il à son ami Dias. À quoi cela te mènera-t-il de lire des livres sur feuilles d'*ola*, au clair de lune, si tu deviens lentement aveugle ? Mais monsieur, avais-je envie de demander, comment combinez-vous des filaments de magnésium et d'alliage de cuivre pour transformer des envies d'électricité en un séduisant voltage, sans apprendre à lire ni à écrire, sans savoir distinguer le passé du présent ? Si vous ne possédez pas quelques notions d'histoire ou de narration, qu'est-ce qui vous fait dire que le scintillement de l'ampoule au bout du fil suit le moment où vous avez activé un bouton sur le mur ? Sinon, il pourrait sembler que, sans que l'on sache trop comment, une lumière divine, émanant d'une ampoule toute-puissante, ait en son infinie sagesse incité votre main à effleurer ce beau bouton baroque, et non pas l'inverse. Mon Mister Salgado avait étudié tout ça. Il avait roulé sa bosse dans le monde entier. C'est sans doute pour cela qu'à ses yeux tout était mouvement : le mouvement expliquait tout. Pour moi, ce n'était pas évident. Par souci d'honnêteté, il prenait soin de souligner, non sans malice, que la science ne vaut que par le raisonnement qui l'étaie. Sans une structure solide, la science finit par s'effondrer un jour, que ce soit au bout de dix, cent ou mille ans. À Dias qui lui disait : « Alors, *men*, qu'est-ce que c'est que cette fichue structure dont tu as besoin ? » Mister Salgado répondait : « La bonne philosophie. Ou tu décides d'observer et de classifier, ou tu décides d'imaginer et de classifier. C'est un authentique dilemme.

— Mais c'est tout ?

— Toute la question, tu veux dire. »

Nous roulâmes pendant des heures, passant à toute allure sur un ruban de macadam mesurant la perpétuelle étreinte du rivage et de la mer, ourlé par une frise ondulante de cocotiers, formes pures et simples enserrant le paysage marin en un kaléidoscope de joyaux bleutés. Au-dessus de nous, des entrelacs de feuilles vertes et jaunes indiquaient de leurs flèches un point de fuite que nous ne pourrions jamais atteindre. Par moments, la route s'incurvait comme si elle était la crête de cette vague qui se précipitait avant de battre en retraite dans l'océan. Nous effleurions ces surfaces mouvantes à une vitesse à laquelle je n'étais jamais allé jusque-là. Par la fenêtre arrière, je regardais la route couler à flots derrière nous avant de se figer en une image argentée de sereine éternité. Nous dépassions de temps en temps un autocar crachant de la fumée, ou un camion bruissant de foin gonflant au vent; nous filions à travers des villes animées, des villages engourdis. Nous passions devant des églises, des temples, des croix, des statues, des cabanes grises et de belles demeures ornées de treilles. Mister Salgado ne ralentit que lorsque nous arrivâmes aux tas d'ossements pétrifiés – des pyramides de corail d'un mètre cinquante de haut à côté de fours enfumés – délimitant les parcelles d'une lignée de fabricants de chaux ruinés, l'ingrédient du ciment de demain s'effritant sur la plus jolie étendue de la côte.

« Regarde-moi ça, dit-il à Dias. Ça se vend par tonnes. »

Lorsque nous atteignîmes le bungalow – son observatoire sur la plage –, je passai le reste de la journée à mes occupations habituelles: ranger, faire les lits, préparer le repas, servir, débarrasser, nettoyer, trier, me taire. Mais chaque fois que je regardais par la fenêtre, je restais là, le souffle coupé. Le bungalow lui-même était enseveli sous d'énormes feuilles vertes, lumineuses de soleil, jeu d'ombre et de lumière. Le jardin de sable, les bosquets de crotons, la vigne vierge ourlant la treille près de la cuisine, tout semblait respirer la vie. À l'intérieur, les pièces étaient petites, les murs étaient peints d'un vert vif, le plancher s'était assombri. Même les meubles paraissaient marquetés d'ombre, mais dès que je relevais la tête, j'entrevoyais la mer entre les arbres que baignait une lumière mordorée. Sa couleur, ses mugissements étaient irrésistibles. On aurait cru vivre à l'intérieur d'une conque. Un martèlement obstiné. Surnaturel. Impossible de s'en éloigner. Pas étonnant que Mister Salgado dise que la mer était notre fin à tous. Au cours des deux nuits que dura notre séjour, je sentis la mer se rapprocher. À chaque vague, un grain de sable nous rapprochait du moment où la vie se retirerait de nous. On dit que l'air marin vous aide à vous sentir mieux, je pense que c'est parce qu'il nous endort en nous berçant. Il me laissait tout désemparé. Il finit même par me terrifier. Et d'avoir enfin vu l'instrument de Mister Salgado destiné à nous sauver d'une tombe sous-marine ne m'aida guère. Un dossier de plastique noir, rempli de grilles et de chiffres, que son assistant, Wijetunga, enregistrait deux fois par jour, après avoir mesuré la laisse de haute mer, compté les coraux, les limaces de mer, les oursins, les mérous et les barracudas rencontrés en nageant sous l'eau, le long d'une ligne de balises flottantes, tendue entre deux perches enfoncées dans la mer. Cela semblait bien insignifiant face aux énormes rides de l'océan, mais pour le moment, je préférais ne rien en dire à Mister Salgado ni à Dias. Plus tard ce soir-là, après avoir fait frire du poisson, je demandai à Wijetunga si tout cela se résumait simplement à des chiffres sur une ardoise, au bord de la mer. Mais ce dernier avait passé tant de temps sous l'eau à examiner les formes de vie préhistoriques convolutées qu'il ne semblait pas en état de parler. On aurait dit que le désir, voire le besoin d'expression, était là, mais que sa bouche était à jamais scellée, retenant son souffle. C'était un homme cultivé, doté d'une écriture nette, minuscule. Il enfilait un pantalon noir quand Mister Salgado lui demandait de se joindre à eux pour un repas, mais on le sentait mal à l'aise, on aurait dit qu'il s'étouffait avec ses propres pensées. Tandis que je lui parlais, il frottait de sa paume son gros nez caoutchouteux en soupirant bruyamment, sans doute trouvait-il mon ignorance désespérante. Il marmonna à travers sa main quelque chose sur la relation entre planning et plongée.

À mon avis, Dias n'était pas non plus entièrement convaincu. Après avoir attaqué mes boulettes de poisson et une solide assiettée de riz rouge, il se lava les mains dans un bol d'eau de chaux et déclara : « Je ne sais pas, *men,* je ne cours pas après les bains de mer, disons que je trouve cet océan très grand, pas vous ? Pour faire vraiment quelque chose, j'entends... » Face à cette mer, même un tour en bateau ne l'enchantait pas vraiment.

Mister Salgado inspira. Dès qu'il se sentait menacé, il inspirait. Son torse enfla, ses mains gonflèrent, il croisa les bras. « L'océan ? »

Dias alluma une cigarette dont il tira de vigoureuses bouffées, esquissant un gros nuage de fumée. « Je veux dire : comment veux-tu que le fait de tremper un bâton ici ou là puisse te renseigner sur ce qui se passe à des milliers de kilomètres, en Australie par exemple, où une colonie de baleines peut être en train de se livrer à une partie de ventre en l'air ou je ne sais quoi. Ça faussera bien un millimètre par-ci par-là, pas vrai ?

— Les baleines ne sont pas réputées pour leurs excès...

— Je sais, je sais. Mais tu comprends ce que je veux dire, non ? Un peu de batifolage... »

Je pus voir la langue de Mister Salgado faire le tour de

sa bouche, passant rapidement sur ses dents, juste au-dessous des lèvres, en faisant onduler la peau.

« Wijetunga n'est pas ici pour mesurer des millimètres. Il est ici pour examiner des échantillons. Tu peux en savoir très long à partir d'un échantillon, pour peu que tu l'observes avec minutie. Tiens, comme si je prélevais un petit bout de peau de ton doigt, ou même une mèche de tes cheveux… » Il se pencha, comme pour en arracher une.

« Ouïe ! Merci, mais si tu veux bien, laisse mes cheveux en dehors de cette affaire. Ils sont d'autant plus précieux qu'ils sont sacrément rares ! » Dias tapota son front tout lisse.

« Mais, vois-tu, nous pouvons analyser une simple mèche ou un petit bout de peau et connaître toute ton histoire biologique. »

Dias se mit à rire. « Ça je veux bien le croire. Permets-moi de te dire que moi aussi, en tant que comptable – et, qui plus est, comptable auprès de la Cour des comptes –, je peux t'en dire des choses – et même un sacré paquet. Donne-moi le salaire d'un homme, donne-moi son âge, et je te raconterai toute son histoire biographique, c'est-à-dire l'histoire de sa vie passée, présente et future. » Il fit la moue.

Wijetunga semblait nerveux, mais il se taisait. Mister Salgado gloussa : « C'est ça. La même chose. Imagine que le globe soit une tête. Tu sais, tu n'as besoin que de très peu de données pour saisir toute l'image. Et la plus importante est en mouvement. Le mouvement d'une onde. » Il se détendit alors. « La minuscule vibration, l'onde sonore par exemple, qui peut prendre des siècles pour s'évanouir. Si nous avions des instruments assez sensibles pour la mesurer, cette onde pourrait nous rapporter la conversation que ton arrière-grand-mère a pu avoir avec ton arrière-grand-père pendant leur nuit de noces, il y a cent ans.

— Tu veux dire que ces grivoiseries sont encore dans les airs ? » Dias fit tournoyer son doigt, répandant l'arak de son verre et pouffant de rire. La mer grondait si furieusement que j'espérais que chaque vague, chaque écho serait à jamais oblitéré. « Alors, tu disposes de ce genre d'instrument pour l'océan ?

— C'est une idée. Nous y travaillons. Mais nous n'avons pas de laboratoire bien équipé pour l'instant.

— Foutaises, *machang*, foutaises. »

Mister Salgado rit.

Je m'acharnais sur les cercles qu'avait laissés le curry au fond des assiettes sales, traitant scientifiquement la graisse jaune avec une touffe de fibre de noix de coco et d'eau de chaux. J'y allais de tout mon cœur. Ce n'était pas de la plaisanterie.

Avant la première visite de Miss Nili, en avril 1969, au moment des fêtes de *Poya*, Mister Salgado me dit : « Une dame va venir prendre le thé. » Comme si c'était toutes les semaines qu'une dame venait prendre le thé... Ce n'était encore jamais arrivé ni de sa vie ni de la mienne mais, à le voir, on aurait cru qu'il s'agissait là de la chose la plus naturelle au monde. Par bonheur, il me prévint. Il voulait s'assurer, mine de rien, que j'aurais tout le temps nécessaire pour les préparatifs. Je fis tout moi-même : des petits gâteaux à la noix de coco – *kavum* –, des bouchées, des sandwiches au concombre, et même un gâteau d'amour. De quoi rassasier un cheval. Ce fut tout aussi bien : elle fit preuve d'un appétit de cheval. Toutes les bouchées y passèrent ! Et sa part de gâteau d'amour – je lui avais laissé le soin de se servir – était de taille. J'avoue que je ne sais pas où elle mit tout ça : elle était si maigrichonne, elle avait l'air si famélique! Je m'attendais à la voir ballonner en avalant ça, comme le serpent qui avale un oiseau. Mais elle restait assise là, sur la chaise de rotin, une jambe repliée sous elle, le dos bien droit, le visage flottant avec bonheur dans la brume tiède de l'après-midi tandis que d'énormes morceaux du plus somptueux, du plus succulent gâteau d'amour qui fût, disparaissaient en elle comme dans un gouffre.

« Vous aimez ce gâteau ? » lui demanda-t-il bêtement.

Elle émit un meuglement entre deux bouchées. Cela le rendit heureux, et même si je n'appréciais pas la rapidité avec laquelle elle se sentait à son aise, j'en fus non moins touché.

« Où avez-vous trouvé ça, ce gâteau ? » Ses lèvres luisaient de mon beurre, une ligne de grains de semoule dorée poudrait un coin de sa bouche qui s'estompait en une fossette quand elle parlait.

« C'est l'œuvre de Triton », dit mon Mister Salgado. L'œuvre de Triton... Une phrase qu'il répéterait maintes fois au cours des mois à venir, me donnant un bonheur suprême. L'œuvre de Triton. Des mots clairs, purs, sans réserve. Dans ces moments, sa voix était une percée entre les cieux et la terre, à travers le bourbier pétrifié de nos vies, elle prodiguait des bienfaits, comme l'eau qui jaillit de la source ou de la tête d'un dieu. Le bonheur parfait. Mon passage à l'âge adulte.

« Votre cuisinier ? »

Votre vie, votre tout, aurais-je voulu chanter, flottant au septième ciel.

« Il fait un merveilleux gâteau », dit-elle, s'attirant à jamais mes faveurs.

Ce jour-là, j'avais mis dix œufs au lieu des sept de la recette. À cause d'elle. Et le beurre doré avait été battu en crème à la perfection. Et les *cadju* – les noix de cajou – arrivaient tout droit de la campagne.

Après le thé, elle dit qu'elle devait partir. Je filai lui chercher un taxi. Le temps que j'aille jusqu'à l'avenue, elle resta en la seule compagnie de Mister Salgado. Il ne me fallut pas longtemps. Un taxi noir au toit beurre frais arriva, je montai dedans, rentrant en prince à la maison. Le chauffeur fit coasser son vieux klaxon pour annoncer notre arrivée. Nous avançâmes jusque sous le porche. Je descendis et tins la portière ouverte le temps que Mister Salgado aide la passagère à s'installer. « Au revoir », lui dit-elle, puis elle se tourna vers moi. « Ce gâteau était vraiment délicieux. »

Le taxi alla jusqu'au portail puis il se dirigea vers la gauche. Les roues tremblaient, estompant les flancs blancs des pneus. Mister Salgado regarda le véhicule disparaître lentement.

« La dame a bien mangé, lançai-je gaiement.

— Oui.

— Dites, monsieur, le gâteau d'amour, il était bon ? Vraiment bon ?

— Oui.

— Je l'ai fait hier et j'ai donné au miel tout le temps de l'imbiber. Et les bouchées, dites, elle les a aimées ? Pas trop grasses ? Je me suis servi d'huile toute fraîche – une bouteille neuve de Cook's Joy – pour aujourd'hui.

— Elles étaient bonnes. » Il se tourna pour rentrer.

Elles étaient plus que bonnes. Je le savais. Quand j'ai réussi quelque chose, je le sais : une espèce d'énergie revigore tout mon corps. Soudain, l'impossible devient possible et le monde entier, qui semblait lentement se disloquer, se remet à tourner. Dans ces moments-là, je pourrais écraser mille *idyapans* dans un moule en bois ou même embrasser une truie. Pour l'occasion, j'avais préparé des croquettes de mouton que j'avais parsemées de feuilles de coriandre, une première dans notre pays.

Si sûr que je sois de la perfection du résultat, j'avais besoin des félicitations de la dame. Je me sentais ridicule d'en avoir besoin, mais c'était comme ça.

« Oui », soupira tout bas Mister Salgado avant de disparaître, ses grands yeux bruns prêts à déborder comme la mer au temps de la mousson.

Elle revint le jour de *Poya* qui suivit. *Poya*, c'était le week-end lunaire décrété par nos dirigeants qui estimaient souhaitable de mettre à profit les quatre phases de la lune pour éclipser l'hégémonie du sabbat impérial judéo-chrétien. Elle revint ensuite presque chaque week-end, pendant des mois. Je préparais à chaque fois des croquettes de mouton et un petit gâteau qu'elle ne manquait pas de trouver merveilleux. Après ce premier thé à la maison, je ne perdis plus mon temps à faire des sandwiches et mille autres choses : Mister Salgado ne mangeait rien, il la regardait s'empiffrer comme s'il nourrissait un oiseau exotique. Il buvait du thé. Toujours du thé. Du thé arrivé tout droit de la plantation, à l'intérieur du pays. Un excellent thé. *Broken orange pekoe*. Mister Salgado semblait pleinement heureux de la présence de Miss Nili : son visage s'illuminait, sa bouche s'entrouvrait, laissant deviner l'extrémité de ses dents. Comme s'il ne pouvait en croire ses yeux, n'en revenant pas d'avoir Nili assise là, en face de lui. J'apportais les croquettes quatre par quatre sur une de nos petites assiettes bleues décorées d'une feuille de saule. J'attendais l'arrivée de Miss Nili pour les faire frire : elles devaient être croustillantes, bien bien chaudes, juste sorties de la poêle. Tout devait être calculé à la minute près. Après lui avoir présenté les croquettes, je laissais l'assiette sur la table. Avec un joli napperon de dentelle blanche. Une fois qu'elle avait terminé la première série, j'attendais une minute ou deux avant de lui en apporter une autre assiette. « Jolies à croquer et chaudes chaudes, Missy », disais-je et elle murmurait son approbation. Dès qu'elle avait achevé les deux ou trois suivantes, je réapparaissais avec du thé que je venais de préparer. « Encore des croquettes ? » Elle secouait la tête – je lui posais toujours la question quand elle avait la bouche pleine, permettant ainsi à Mister Salgado de répondre à sa place : « Non, amène le gâteau maintenant. » C'était notre petit rituel. Je hochais la tête, elle souriait et il regardait avec convoitise. Je lui donnais le temps de savourer l'arrière-goût des croquettes et de sentir en elle l'ardeur de la coriandre. Je laissais le thé nettoyer son palais et apaiser ses nerfs émoustillés par l'épice et émoussés par la viande avant d'apporter le gâteau sur un petit plateau d'argent afin que Mister Salgado le coupe.

Elle ne finissait jamais le gâteau, même s'il m'arrivait de me dire qu'elle aurait pu aisément y arriver. Mais comme Mister Salgado ne mangeait jamais plus d'une part minuscule – et encore fallait-il qu'elle le supplie et le supplie – il en restait toujours un bon morceau. Mister Salgado s'en nourrissait pendant le reste de la semaine, à raison d'une tranche par jour, à son retour du bureau, en fin d'après-midi. Peut-être repensait-il, en le savourant, à la dernière visite de Miss Nili dont l'odeur des doigts, qui avaient sans doute effleuré une miette sur l'assiette, allait se fondre avec celle d'eau de rose, d'essence d'amandes et de cardamome, laissant la dame et ses effluves fermenter et imprégner son imagination tandis que le miel pénétrait dans son corps.

Plus tard dans la soirée, après le départ de Miss Nili, il émergerait de son bureau et regarderait Vénus lui faire un clin d'œil de son coin de ciel. À l'approche de la nuit, nous ferions retraite dans le vieil univers de nos êtres. À l'entendre mentionner Miss Nili à Dias, on aurait cru qu'il parlait de quelque chose d'inenvisageable : « Tu sais, je ne peux vraiment pas dire que… »

Dias se tordait les doigts, singeant les affres de la douleur, il portait la main à son cœur.

Avec moi, Mister Salgado en disait encore moins long. Il ne pensait qu'à elle. Seule sa présence semblait le détendre. Quand elle venait, il parlait entre deux bouchées et elle retissait leurs semaines et leurs mois en une toile sans raccords. Elle le faisait parler aussi, de plus en plus. « Vous vous rappelez notre première rencontre ? » lui demanda-t-elle un après-midi après que j'avais apporté le gâteau.

« Au Sea Hopper ?

— Non, avant. Vous vous rappelez ? »

Mister Salgado lui raconta ses efforts pour qu'elle se tourne vers lui dans la salle de bal du Sea Hopper Hotel où elle travaillait et où il l'avait aperçue lors d'une réception. Ses efforts pour qu'elle se tourne vers lui… Et, par miracle, elle s'était retournée et elle l'avait regardé, mais lui n'avait su que faire. « Je ne me souviens pas de ce que j'ai dit. Je voulais dire *excusez-moi,* mais je ne voulais pas vous rappeler…

— Que vous m'aviez marché sur les pieds ! » Elle rit en levant son pied pour le masser.

« Votre premier mot fut un glapissement…

— Aïe ! Ouïe ! dit-elle en riant. Et notre premier contact a été une chaussure dure, pointue qui a écrasé mes pauvres orteils ! » Telle avait été leur première rencontre, devant une librairie, sous les arcades du Fort. Il n'y avait rien eu d'autre, mais cela avait servi d'introduction.

« Je feuilletais un livre que je venais d'acheter. Je ne faisais pas attention. Si seulement j'avais regardé où j'allais… Mais alors nous ne nous serions jamais adressé la parole. »

Elle posa sa main sur la sienne. Il sourit, heureux.

Il paraissait si radieux quand elle était auprès de lui que j'aurais voulu qu'elle vienne plus souvent soulever le voile monacal de notre ermitage.

Un matin, Miss Nili arriva en taxi alors que Mister Salgado était à son bureau.

« Monsieur n'est pas ici, dis-je. Il est au bureau.

— Je sais. C'est à toi que je veux parler. » Elle entra dans la maison après avoir demandé au chauffeur de l'attendre. « Écoute, Triton, j'aimerais voir une de ses chemises.

— Vous dites, Missy ?

— Je veux une de ses chemises. Une qui soit en bon état. Une qui lui aille bien, pas comme sa saharienne jaune ! Une qui soit plus longue, plus large. »

J'avais essayé à diverses reprises de mettre cette fameuse saharienne jaune au rancart. Cette horrible chemise était un laissé-pour-compte de ses jeunes années. Elle semblait tomber à peu près bien, vue de devant, quand il se regardait dans la glace, mais, vue sous un autre angle, elle n'avait plus de forme et paraissait ridiculement courte. Il finissait toujours par la retrouver et s'entêtait à la porter. Sa chemise bleue lui allait beaucoup mieux, elle faisait plus viril, je signalais cela à Miss Nili. « Ou, si vous voulez bien me suivre, je vous montrerai toute sa garde-robe », dis-je. Comme ça elle choisirait elle-même. J'étais sûr qu'il ne serait aucunement contrarié qu'elle touche à ses affaires.

Elle parut un peu étonnée, mais son regard s'anima. Elle me suivit dans la chambre.

Nous nous dirigeâmes vers la glace et la commode. Je passai devant elle, écoutant ses mules de cuir marteler mon plancher bien ciré. J'ouvris les portes en bois verni. « Toutes les chemises sont ici.

— Quelle belle chambre ! » s'exclama-t-elle en regardant autour d'elle. Le gros lit marron face à la fenêtre donnait sur le jardin latéral et ses deux frangipaniers. Elle se dirigea vers la fenêtre.

« Un nid de moineaux juste au-dessus, dit-elle. Sous l'avant-toit. » Les moineaux se mirent à pépier et à babiller. Elle toucha les rideaux que je venais d'installer. Les précédents étaient restés là pendant des années. J'avais accompagné Mister Salgado au grand magasin pour choisir un nouveau tissu. Il avait tout de suite suivi mes conseils. Il voulait que l'endroit ait bonne allure. Je dis à Miss Nili qu'ils étaient neufs.

« Très jolis », commenta-t-elle, sans les regarder ni eux ni moi.

Je sortis la chemise dont je lui avais parlé. « Celle-ci ? »

Elle s'approcha et la prit. Elle la secoua pour la déplier et la tint au bout de son bras, imaginant Mister Salgado dedans. « Viens ici, Triton », dit-elle en la plaçant contre moi. Je ne pus m'empêcher de rire : Mister Salgado était un grand gaillard large d'épaules, même si ces derniers temps il était très maigre.

« Ne ris pas, dit-elle. Ça t'ira un jour.

— Missy… »

Elle sourit, baissa le bras, contempla la chemise. « Je la prends.

— Mais qu'est-ce que je dois dire s'il la réclame ? »

Ce fut au tour de Miss Nili de s'esclaffer. « Je la rapporterai, je veux juste la montrer au tailleur, pour les mesures, tu vois. » Elle la replia rapidement et la garda à la main. « Je veux lui faire faire une chemise pour Noël. Une vraie chemise d'homme. Mais c'est un secret. Tu ne diras rien, promis ?

— Oui, Missy…, jurai-je fidèlement.

— Parfait, il faut que j'y aille. Je la rapporterai plus tard. » Je la suivis jusqu'au taxi qui attendait toujours, vide.

Accroupi à côté de son véhicule, le chauffeur fumait un *beedi.*

« On y va, on y va, dis-je. *Nona* est prête. » Après une dernière bouffée, il jeta son *beedi* et remonta nonchalamment dans son taxi. « Hé ! Ramasse ton mégot ! » lui criai-je. J'avais balayé l'allée ce matin-là, son geste me mit vraiment de mauvaise humeur. L'homme me regarda comme si j'étais fou. J'ouvris la portière pour laisser monter Miss Nili. Elle lui demanda de la déposer un peu au-delà de Slave Island dans je ne sais quelle minuscule *koreawa,* où son tailleur tenait boutique. Une fumerie d'opium, me dis-je.

J'aimais bien Nili. Elle ne prenait pas de grands airs. Elle traitait tous les gens, grands et petits, comme des êtres humains. Pas comme ces autres dames – les *nonas* – qui piaillaient des *chi, chi, chi,* contre leurs domestiques. J'étais heureux pour Mister Salgado. Heureux qu'il l'ait rencontrée, heureux qu'elle continue à venir nous trouver. Elle était plus jeune que lui, elle avait autour de vingt-cinq ans, elle était donc à mi-chemin entre lui et moi. Je m'habituais à la voir à la maison, et ces mois me paraissaient merveilleux, une bouffée d'air frais. Quand il rentra déjeuner ce jour-là, je ne lui dis pas qu'elle était passée. Je pensais qu'il remarquerait peut-être quelque chose, qui sait, une trace de son parfum, mais sans doute s'imaginait-il toujours et partout reconnaître son parfum et aurait-il du mal à distinguer l'apparence de la réalité. À moins qu'elle n'ait oublié sa mule, un vêtement, ou son sac à main, ce qu'elle n'aurait jamais fait, il ne pouvait rester aucun signe de son passage. Juste une impression d'elle. Une marque sur un meuble. L'empreinte de ses doigts sur le rideau. Sa silhouette évoluant dans l'air. La trace de ses mots. Le fait que cela se soit réellement passé, le fait qu'elle soit venue me parler puis repartie était impossible à nier, mais c'était tout aussi impossible ou presque à confirmer. Toujours est-il que je n'osais pas ouvrir la bouche, de crainte que l'on puisse détecter l'effet de sa présence sur moi.

Par bonheur, nous nous débrouillâmes pour vaquer à nos affaires sans échanger le moindre mot. Il rentra et disparut dans sa chambre, n'en sortant qu'au moment où il s'attendait à trouver le déjeuner sur la table. Il l'y trouva comme à l'habitude : riz à l'eau, curry de foie, concombre amer. Rien à signaler. Il s'assit. Je servis. Il déjeuna. Il but son verre d'eau et se retira dans sa chambre. Un peu plus tard, j'entendis la voiture démarrer : il repartait au bureau.

En général, lorsqu'il avait fini de déjeuner, je nettoyais la table, puis je mangeais à mon tour et faisais la vaisselle. Une fois qu'il était reparti, je passais l'après-midi à rêvasser. Ce jour-là, j'étais hanté par l'idée qu'elle perdrait la chemise ou qu'on la lui volerait. Ou que la chemise et la dame seraient kidnappées par des souteneurs ou des gangsters, devant l'échoppe du tailleur, et que notre accord secret serait ainsi découvert. Pour apaiser mes inquiétudes, je me lançai dans la préparation de boulettes de viande, ce qui exigeait une véritable concentration puisque notre vieux hachoir était un énorme machin en fonte dont l'axe entraînait n'importe quoi et le déchiquetait. Vous deviez pousser bien fort la viande dans un entonnoir tout en tournant la manivelle, et pour peu que vous ne fassiez pas attention, vos doigts pouvaient y finir eux aussi. Vers quatre heures et demie de l'après-midi, j'allai dans le jardin désherber la plate-bande de chrysanthèmes. Nous n'avions pas de jardinier : à quoi bon ? Faire faire à d'autres ce genre de besognes était plus de soucis qu'autre chose. Mister Salgado ne superviserait pas et cela pourrait devenir compliqué. « Ne vous inquiétez pas, monsieur, avais-je dit. Je suis parfaitement capable de me débrouiller seul. Pourquoi déléguer quelque chose à quelqu'un si vous devez passer deux fois plus de temps à le lui expliquer qu'à le faire vous-même ? »

Miss Nili ne repassa pas.

Il faisait déjà nuit quand Mister Salgado rentra. Il portait un gros paquet emballé de papier kraft. Je le lui pris, il me dit qu'une boîte attendait dans la voiture. Je m'en occupai aussi, la saisissant par sa double ficelle.

« Je me suis dit que nous devrions bien avoir un arbre de Noël cette année », dit-il en regardant par terre comme si d'une façon ou d'une autre ses mots feraient surgir un arbre à ses pieds. « Tu sais ce que c'est qu'un arbre de Noël ? » me demanda-t-il, les yeux rivés au sol. De la main qui tenait le paquet, j'agrippai la boîte, me servant de ma main libre pour refermer la portière. « Oui, monsieur. » En décembre, à l'entrée du numéro douze, un peu plus loin dans l'allée, il y avait toujours un arbre éclairé d'ampoules multicolores.

« Comme celui-ci ? » dit-il, montrant la boîte d'un signe de tête. « À mettre dans le salon ? »

Je secouai la tête.

Il s'avéra que l'arbre était en plastique. Un petit tronc artificiel d'un mètre cinquante de haut, fait de tiges en plastique marron à assembler, et sur lesquelles il faudrait piquer de fausses branches vertes. L'autre paquet contenait des guirlandes dorées qui scintillaient et de petites ampoules électriques, version miniature de ces lampions que j'avais vus dans le jardin du numéro douze. Des petites ampoules de couleur entourées de papier d'aluminium froissé. Une jolie idée. Mister Salgado assembla l'arbre et prit un peu de recul pour admirer son œuvre.

« Parfait, à toi de finir ! » dit-il, me le confiant.

Après son bain, je l'entendis fouiller dans son placard.

« Où cst ma chcmisc blcuc ?

— Vous disiez ?

— La chemise bleue. Tu sais bien, ma chemise bleue, dis-moi, où est-elle passée ? »

J'avais le tournis. La gorge nouée.

« Bleue ?

— Oui. » Il se tourna vers moi. « Qu'est-ce qui t'arrive ? Je veux mettre ma chemise bleue, c'est tout.

— Elle est au raccommodage, monsieur. » Je ne lui avais jamais menti jusqu'ici. Du moins pas depuis ces jours horribles où Joseph était là.

« Pourquoi ? Qu'est-ce qui lui est arrivé ? »

Redécouvrant soudain le rôle du souhait dans la religion, je laissai de côté l'éthique. « Monsieur, il lui manque un bouton.

— Dans ce cas-là, dépêche-toi de recoudre le bouton et apporte-la-moi.

— Mais elle a besoin d'être lavée, monsieur. » Je récitais des prières tout en massant la vieille cicatrice de la flèche dans mon crâne, pour qu'il n'aille pas demander à voir la chemise.

« Dans ce cas-là, qu'est-ce que je vais mettre ? »

Je me dépêchai de sortir sa saharienne jaune. « Celle-ci, monsieur. Elle est très élégante aussi. »

Il l'enfila et se décida à finir de s'habiller.

Le lendemain, Miss Nili rapporta la chemise bleue. Je lui fis part de mes aventures, de la façon dont il avait cherché sa chemise.

« Pour quoi faire, demanda-t-elle. Où allait-il pour vouloir s'habiller ainsi ? »

Je n'en avais aucune idée. Peut-être que cela avait à voir avec Noël. Je lui montrai l'arbre de Noël.

« C'est très joli. Un bien joli petit arbre. Et les décorations ? »

Je lui signalai la guirlande. Les lumignons que j'avais suspendus tout autour.

« Comment, mais il n'y a pas de boules ? Pas de boules en argent ? Il n'a rien rapporté d'autre ? »

Je secouai la tête. En regardant l'arbre à la lumière du jour, je pouvais voir qu'il faisait un peu nu. Je regrettais de le lui avoir montré. Je me serais mieux débrouillé si j'avais essayé de le décorer tout seul, en prenant mon temps. J'aurais su d'emblée ce qu'il fallait faire.

« Tu lui diras qu'il faut que tu rajoutes des ornements s'il veut qu'il soit beau. » Elle me tendit la chemise. « J'espère que tu ne t'es pas imaginé que j'avais filé avec elle ! » dit-elle en riant.

Je souris. J'avais envie de rire avec elle.

« Peux-tu aller chercher des décorations chez Bambalapitiya ou préfères-tu que j'en apporte une boîte ?

— Non, Missy. Notre Mister nous en rapportera. Je suis sûr qu'il nous rapportera d'autres choses aujourd'hui. » Et sinon, j'irais moi acheter les boules – des boules d'argent, des boules dorées, des boules de toutes les couleurs – elles danseraient toutes pour elle.

Elle sourit. « Oui, je suis sûre que tu as raison. Il fait très attention à tout ça. Et rappelle-toi, pour la chemise, ne lui dis rien ! »

Dès qu'elle fut partie, je regardai une nouvelle fois l'arbre de Noël. Pourquoi était-il là, après tout ? Nous n'en avions jamais eu et nous ne célébrions jamais les grandes fêtes. Même au début, du temps de Lucy-*amma* et de Joseph, les mois passaient sans laisser la moindre trace dans notre maison. Je revoyais Lucy-*amma* se rendant parfois au temple afin d'y faire brûler de l'encens pour *Poya*, au gré des jeux de masque de la lune, mais elle n'était pas très dévote. Quant à Joseph, c'était un poivrot et rien d'autre, autant que je sache. Il disparaissait de temps en temps mais c'était juste pour se terrer dans la plus proche taverne *kasippu* afin d'y lever le coude en compagnie des vendeurs à la sauvette et autres camés.

Je lavai la chemise et la suspendis dehors pour qu'elle sèche. Ce ne fut pas long ; j'eus le temps de la repasser et de la ranger avant son retour. Il ne me la redemanderait sans doute pas, mais mieux valait la tenir prête.

Ce mois de décembre, je fis rôtir une dinde pour la première fois de ma vie. Je n'avais jamais rien fait de ce genre. C'était une grosse dinde, mais en dehors de sa taille, je n'eus aucun problème. Arroser souvent, se montrer généreux en sel et en beurre, font des miracles. La farce aux raisins et au foie, la *ganja* de Taufik et mes mandarines *jamanaran* auraient suffi à rendre le désert délicieusement moite.

Mister Salgado en personne m'aida avec la température et le minutage des opérations. Il s'assit, muni d'un crayon et d'un morceau de papier. Combien pesait la dinde ? Comment réglait-on le four ? Combien de temps fallait-il pour faire rôtir un poulet ? Un canard ? Un morceau de porc ? La taille ? Le poids ? Il pinça les lèvres, l'air pensif, et consulta un livre de cuisine. Il me donna des instructions comme un professeur, se perdant dans des détails ridicules : l'angle du morceau de lard posé au-dessus de la dinde, les marbrures de sa graisse, la couenne. Une fois que je sus à combien régler le four et combien d'heures devrait durer la cuisson, je cessai d'écouter. La cuisson à sec, la belle affaire : en fin de compte, on sait ou on ne sait pas se débrouiller avec une volaille.

Mon problème était d'empêcher la dinde de s'abîmer puisqu'il lui faudrait attendre un jour et demi. Mister Salgado l'avait commandée pour la veille de Noël, et on l'avait livrée dans la matinée. Il ne savait que faire. Elle pesait sept kilos et il y en avait pour cent roupies. L'étiquette était restée attachée à sa patte. On arriverait de justesse à la faire rentrer dans le four, mais si on voulait la mettre dans le réfrigérateur, il faudrait commencer par vider celui-ci, ce qui était impossible : nous y avions entreposé toutes nos provisions pour la soirée. La seule chose qui me vint à l'esprit fut de la passer sous l'eau, puis de la sécher à l'aide d'une serviette de toilette et de la mettre à mariner dans de la sauce de soja, avec des clous de girofle, de l'ail et quelques gouttes d'alcool en l'enveloppant dans un drap de coton qui avait fait son temps. Je fis cela sitôt qu'on nous la livra, mais dès l'après-midi, je commençai à m'inquiéter. Une dinde ce n'est ni du canard sauvage, ni du *batagoya*, ni un oiseau de la jungle. La viande sauvage, c'est coriace, ça peut supporter notre chaleur qui hâte la décomposition, en fait, ce processus est une prédigestion qui lui donne du goût, mais les monstres ainsi gonflés rappellent le pain blanc : au bout de deux ou trois heures, ça commence à se gâcher. Mister Salgado renifla la dinde et suggéra de la glace. J'allai acheter deux gros morceaux de glace que je mis dans une bassine avec la dinde, couvrant le tout d'un sac de jute marron afin de garder ça bien au frais.

Nili et les six autres invités, y compris des étrangers, étaient conviés à notre soirée de Noël, une première. Un vrai dîner de Noël. Ce serait mon gros défi. Jusqu'ici, Nili n'était jamais venue pour un vrai repas. Ce repas de Noël devrait être à la hauteur de ceux auxquels, en tant que chrétienne, elle était habituée, mais dont j'ignorais tout. Je préparai la plupart des choses la veille au soir, cloîtré dans la cuisine en compagnie de la dinde sous son linceul. Ce ne fut pas trop compliqué. La dinde, plat principal, était servie avec des pommes de terre, deux légumes verts et du jambon ; suivait un pudding de Noël acheté tout fait. C'était une plaisanterie à côté de certains repas qu'il m'avait fallu préparer juste pour Mister Salgado et Dias, quand l'envie les prenait soudain de se repaître de tel ou tel délice, chaque bouchée déclenchant en eux un souvenir tandis qu'ils mangeaient, buvaient, rotaient jusqu'à la fin des siècles des siècles… Avec un tant soit peu de préparation et d'organisation, on pouvait faire face à toute urgence. Rien n'était impossible.

Le jour J, notre Mister Salgado se montra exaspérant : il ne tenait plus en place. Il ne cessait de passer le nez dans la cuisine pour me demander ce que je faisais. J'étais plutôt laconique ; il n'y avait pas de temps à perdre en explications. Je me contentais d'un signe de tête ou de répondre : « Parfait, tout va très bien », et de passer à l'étape suivante. Il me surveillait depuis la porte, puis, une fois rassuré, il disparaissait dans la maison jusqu'à ce que les effluves du jus dans lequel ses nerfs mijotaient le ramènent à la cuisine. « Parfait, répétais-je. Tout est parfait.

— La dinde dore bien ? Sûr ? » Il faisait du regard le tour de la cuisine, tellement affolé qu'il ne savait plus où se trouvait le four.

« Pas encore, pas encore. Elle va dorer. Ne vous inquiétez pas, monsieur, je veillerai à ce qu'elle soit toute belle et dorée pendant sa dernière demi-heure au four.

— Et les pommes de terre ? Oui, les pommes de terre ? Tu ne les as pas oubliées, n'est-ce pas ? » Sa voix tremblait. Il les avait repérées dans une cuvette d'eau.

« Je les mettrai tout à l'heure, monsieur. » Il en prit une, l'air sceptique.

« Monsieur, je vais sortir vos vêtements. »

Il leva les bras au ciel. « Mais non, voyons! Je saurai me débrouiller. Concentre-toi plutôt sur ce que tu fais. Tout le monde dit que c'est loin d'être facile de faire cuire une dinde. Il faut pas que ça soit trop sec, sans ça on dirait du pain rassis.

— Je sais, monsieur, je sais. Faut pas non plus qu'elle ne soit pas assez cuite, sinon elle serait trop saignante. Mais ne vous inquiétez pas, tout ira très bien.

— Elle prétend que même sa mère n'a jamais réussi à en faire cuire une convenablement… »

Alors ? Mon cœur s'entrouvrit, laissant filtrer dans mon sang une bienfaisante tiédeur: ma dinde serait la meilleure qu'on lui ait jamais servie.

Je mis le couvert pour sept dans la salle à manger, décorant la table avec des fleurs et les guirlandes de Noël qui restaient. Je disposai les dessous-de-plat en croix, au centre de la table. Après avoir vérifié une dernière fois que tout était bien en ordre, il me restait encore du temps pour me laver et me changer avant l'arrivée des invités. Je passai mon sarong blanc pour l'occasion.

Mister Salgado fut prêt de bonne heure, lui aussi. Il alla s'asseoir derrière la baie vitrée, se frottant les pieds l'un contre l'autre tandis qu'à la cuisine je confectionnais des glaçons. Les gros blocs de glace de la veille avaient tenu le coup. Ils avaient diminué et ressemblaient davantage à de gros cailloux ou à des demi-briques qu'aux blocs originaux, mais c'était quand même de la bonne glace. Sciure et éclisses partaient à flots tandis que la glace éclatait sous la lame émoussée de mon couperet.

Nili arriva en compagnie du professeur Dunstable, qui venait d'Angleterre, et de son ami le docteur Perera, dans une automobile couleur crème qu'ils garèrent dans l'allée.

« Bonsoir ! » leur dit Mister Salgado en les accueillant.

Nili riait. Elle avait un rire contagieux. Un rire qui, parti de ses lèvres, semblait dégringoler au fond de sa gorge en glougloutant. Impossible de l'ignorer. Le docteur Perera se mit à rire à son tour. Mister Salgado servit lui-même l'apéritif. Il portait son pantalon beige qu'il avait repassé, un pli en lame de rasoir. Il était très élégant. Nili s'avança vers lui et lui passa les bras autour du cou. « Joyeux Noël !

— … Et bonne année ! » acheva-t-il en l'embrassant.

Je repartis à la cuisine laver les pommes de terre. Il restait encore au moins une heure et demie avant qu'ils soient prêts à se mettre à table, mais ma gazinière n'ayant que deux brûleurs, je devais être aussi organisé qu'un chef de gare. Mister Salgado avait décidé que le dîner devrait être servi à neuf heures. Précises. On ne picorait pas des lotus, avait-il prévenu.

J'avais envie d'aller entendre le reste de la discussion : cela faisait longtemps que nous n'avions pas eu de nouveaux visiteurs. Les habitués, c'étaient Dias et un ou deux autres amis de Mister Salgado, leur conversation ne variait guère d'une semaine à l'autre : voitures, politique, paris. Nili, bien sûr, était différente, mais comme elle ne venait que pour le thé, je n'avais pas souvent l'occasion d'entendre une vraie conversation ; d'ailleurs, Mister Salgado et elle avaient tendance à se regarder fixement. Le dîner de Noël promettait de bouleverser tout ça. C'était le commencement d'une ère nouvelle, même si j'étais à des lieues d'imaginer la façon dont nos vies allaient changer au cours de l'année qui s'ouvrait.

Nili m'appela : « Triton ! »

Je me précipitai.

« Triton, veux-tu m'apporter un verre de jus de citron vert, s'il te plaît ?

— Et les noix. Oui, rapporte les noix », me rappela Mister Salgado en me voyant passer.

Je revins avec un plateau et je servis tout le monde. Le reste des invités venaient d'arriver. Je ne les connaissais pas non plus : Mohan Wickremesinghe, dentiste diplômé de fraîche date, et Kushi, son épouse ; un Américain trapu et musclé du nom de Robert et une autre personne d'origine étrangère, Melanie, dont le visage était un océan de taches de rousseur ourlé d'une chevelure orange qui ne passait pas inaperçue. Elle était en grande conversation avec une personne familière, Dias. De la tête de ce dernier des volutes enfumées s'élevaient vers le plafond. Mister Salgado ne m'avait rien dit au sujet de Dias ! Je ne l'attendais pas, j'aurais pourtant dû : Mr Dias était de ceux qui se pointent toujours et partout. La seule chose qui m'étonnait, c'était qu'il n'avait été présent à aucun des thés peu ordinaires que nous organisions pour Miss Nili. Je retournai à la cuisine ; comptant, recomptant, revoyant les invités dans ma tête, faisant et refaisant mon plan de table. Oui, il y avait huit invités, ou plutôt sept, plus Mister Salgado. La table n'attendait que huit convives. Un autre couvert gâcherait cette parfaite symétrie…

« Que s'est-il passé ? » Mister Salgado était revenu vérifier les préparatifs culinaires.

« Monsieur, Dias-*mahathaya* reste pour dîner ? Le dîner de Noël ?

— Bien entendu. Il faut qu'il goûte à cette dinde ! Pourquoi ? Il a dit que… ? »

Je lui expliquai que l'on m'avait annoncé sept invités et non pas huit.

« Oh ! Six, sept ou huit, qu'est-ce que ça peut faire ? L'important c'est de savoir si tu as mis assez de pommes de terre au four. »

Je fis oui de la tête.

« La dinde sera-t-elle bonne et bien chaude ?

– Ce n'est pas le repas qui pose problème, monsieur… » J'avais gardé la dinde au frais pendant une journée et une nuit, qu'y avait-il de difficile à la garder au chaud pendant deux heures indolentes, deux heures tropicales ? Le problème, c'était de savoir où glisser un couvert en plus.

Il fallait que ce soit à gauche, de là, l'invité de dernière minute pourrait admirer l'arbre de Noël en dînant. Plus on est de fous plus on rit… Je me dépêchai de réarranger le couvert, profitant de ce que, dehors, ils s'en donnaient à cœur joie, remerciant ma bonne étoile d'avoir repéré Dias. Cela aurait été plutôt embarrassant si, au moment de passer à table et de s'asseoir, un convive s'était retrouvé planté dans un coin, comme au jeu des chaises musicales! À part cette petite erreur de calcul, le reste des opérations semblait se dérouler comme prévu. Tout mitonnait gentiment à la cuisine, la bière coulait à flots, les noix de cajou et les chips craquetaient. Je pouvais entendre les pschitt des sodas, les murmures de la conversation amicale et par-dessus tout, Mister Salgado, déjà un peu crispé, pérorant sur la thermodynamique de l'océan à l'ère du Verseau et sur l'histoire d'une arche vieille de cent mille ans, faite de mots et voguant sur une mer d'ondes sonores.

Je pris quelques instants pour écouter, sentant que je pouvais me le permettre. Quand la situation est très tendue, j'ai parfois la soudaine impression qu'il n'y a rien d'autre que je puisse faire, que tout suivra son cours, que je peux lâcher prise. Je reste immobile et deviens merveilleusement calme pendant un moment qui s'étire à jamais. Je me sentais aussi heureux que Mister Salgado en son grand moment d'euphorie, avant-goût des mois à venir où il apprécierait le charme d'une vie épicée par une authentique histoire d'amour, de relations mondaines et de soirées effervescentes. Cela deviendrait la période la plus grégaire de sa vie. Je m'en réjouissais pour lui, même si la politique du moment excluait ce genre d'expression : son nouveau monde était un monde qui n'aurait bientôt plus sa place, si l'on en croyait le commun des mortels. C'était un monde pétillant de gaieté, qui paraissait appartenir à une précédente génération, plus frivole. Au *kadé*, là-bas, sur la grand-route, on parlait de la nécessité d'une révolution ou d'un retour aux valeurs traditionnelles. Face aux nouvelles attentes des gens, les idées ne manquaient pas. Mais chez nous, rien de cela n'importait. Mister Salgado était radieux. Son visage s'éclairait, s'épanouissait, il se réalisait enfin dans notre petit univers. J'étais fier de lui, autant, je pense, que Miss Nili et tous leurs amis. Je m'émerveillais de voir qu'il pouvait être d'aussi bonne compagnie : je ne m'en étais jamais rendu compte, malgré ses élans d'enthousiasme pour l'océan avide de terre, élans qui suivaient en général un verre ou deux pris avec Dias. Maintenant, grâce à Nili, il savait désormais amuser la galerie, il était devenu aussi expert qu'un homme politique à titiller son auditoire.

« Vous voyez, disait-il en traçant un cercle dans les airs au-dessus d'eux. Imaginez l'espace comme l'océan : une grande mare invisible. Imaginez que chaque son est comme une pierre qui tombe dedans. Vous voyez les rides à la surface ? C'est ainsi qu'on écrit l'histoire. Quant à ces pluies torrentielles dont on nous parle – trente centimètres en une nuit, vous imaginez ? – ce ne peut être que la mousson. Sinon, comment pourriez-vous trouver, un matin, en vous réveillant, le rez-de-chaussée de votre maison inondé, votre lit transformé en radeau ? Jour et nuit pendant quarante jours – une fichue mousson ! Et notre brave gars sur sa *padura*, sa natte, qui regarde les cieux descendre et les eaux monter, perdant ainsi tous ses points de repère, il a dû croire que c'était la fin du monde. Mais notre *baas-unnaha* – notre charpentier avec son bateau –, il a dû s'en tirer. Pour lui, que la terre devienne mer ne posait pas problème. C'était même une bonne chose. Le seul ennui était que toute créature qui bougeait aurait rampé dans le bateau : comme ces escargots que vous voyez s'échapper d'un égout qui déborde.

— Si je comprends bien, ce Noé était donc charpentier à Negombo ? » demanda Mohan, le dentiste. Tout le monde rit.

« Pourquoi pas ? Si là était le paradis… » Mister Salgado ouvrit sa main.

« Oui, le pic d'Adam. Êtes-vous jamais grimpé au sommet ? » Le professeur Dunstable étira son cou rougi au grand air.

« Et ne faisiez-vous pas autrefois partie de l'Afrique ? Notre berceau à tous ? » demanda la dénommée Melanie, ourlant de sillons de taches de rousseur sa bouche pâle et brillante.

« On pourrait dire que l'Afrique, l'ensemble du reste du monde, faisait partie de nous. Tout cela ne formait jadis qu'un seul continent : la Gondwanie. La grande masse terrestre à l'âge de l'innocence. Mais voici que la terre fut pervertie et que la mer l'envahit. La masse terrestre fut ainsi morcelée. Des éclats s'en détachèrent et dérivèrent et nous nous retrouvâmes avec ce paradis de *yakkahs* – démons – maintenant défiguré, et l'histoire de l'humanité gravée dans la pierre. Voilà pourquoi, dans ce pays, nous aimons autant l'eau, malgré la mousson. Elle est un symbole de régénération, un souvenir de cette époque où tout le mal, toute la discorde suscités par la naissance, furent emportés par une pluie divine pour permettre aux dieux d'engendrer un nouveau monde. Ce fut le vrai déluge : celui de Noé n'en est qu'un écho. Qui sait si les rois qui ont fait construire les grands réservoirs ne se rappelaient pas, comme nous, ce déluge purifiant ?

— Les réservoirs ?

— Vous connaissez nos réservoirs ? Les grands réservoirs ? Ce sont en fait des mers intérieures. C'est pourquoi nous les appelons *muhuda*. De véritables exploits techniques qui remontent à deux cents ans avant Jésus-Christ, à l'âge d'or des villes d'Anuradhapura, puis de Polonnaruwa. Certains sont encore plus anciens. Des régions entières furent ainsi inondées grâce à un système hydraulique qui exigeait de nos ingénieurs *yakkha* de détecter une variation de niveau d'un demi-centimètre pour une nappe d'eau s'étirant sur trois kilomètres. Imaginez ça ! De la haute précision. De quoi rivaliser avec les bâtisseurs des pyramides d'Égypte. Tout cela pour l'eau : la source de notre vie et de notre mort. Prenez la malaria… »

J'étais fasciné. Je pouvais voir notre monde prendre vie tandis qu'il parlait : les grands réservoirs, la mer, les forêts, les étoiles. Le passé ressuscité en un cortège historique : princes aux longs cheveux serrant un sceptre d'ébène, sirènes à la queue rouge, éléphants coiffés de dais garnis de pompons et de clochettes d'argent, relevant leurs défenses gainées, dorées et cambrées, faisant le tour des cités vert bronze où vivaient les seigneurs d'antan. Ses mots avaient évoqué les aventuriers de l'Inde du Nord et du Sud, les Portugais, les Hollandais et les Anglais, avec leurs flottilles animées d'espoir fiévreux et d'une bougeotte obsessionnelle. Ils avaient été attirés par des promesses de cannelle, de poivre, de clou de girofle et ils avaient trouvé asile en cette jungle de démons et d'eaux tranquilles.

« Alors quoi, *men*, Ranjan, tu es en train de nous faire croire que cet endroit est la première Jérusalem ? Qu'est-ce que tu en fais de ce refuge si cher à Bouddha et tout le reste ?

— Bien sûr, mais rappelle-toi qu'il était également connu sous le nom de jardin d'Éden. Voilà qui flatte bassement le chauvinisme de tout le monde : Cinghalais, Tamouls, aborigènes. Choisissez une religion, donnez libre cours à votre imagination. L'histoire est bonne fille... » Mister Salgado se mit à rire en jetant un coup d'œil dans la salle à manger. « Viens ici, me dit-il. Apporte un verre de jus d'ananas à la dame. Et mets les plats sur la table. D'accord ? »

Robert réfléchissait à la dernière remarque de Mister Salgado. « En fait, vous avez raison. Par ici les gens sont toujours en train de se baigner, que ce soit dans la rivière, à l'aide d'un bout de tuyau ou dans un puits. Il faut toujours qu'ils fassent flic floc. Les femmes et leurs maillots moulants tout mouillés ! Une vraie manie. » Il se tourna vers Miss Nili comme pour confirmation.

Je me dépêchai de rapporter le jus d'ananas, mais le temps que je revienne, la conversation était passée à un article du journal portant sur la mer, la mer envahissante. La mer mugissante.

Dès que le repas fut prêt, j'apportai les plats, à l'exception de la dinde. Je ne savais pas si Mister Salgado voulait la découper comme il le faisait en général pour le poulet rôti, ou si, pour l'occasion, je devais m'en occuper moi-même. Il écoutait le professeur, en chancelant légèrement. Quand elle m'aperçut, Miss Nili interrompit la conversation. « Je crois que Triton veut vous demander quelque chose.

— Monsieur, comment sert-on la dinde ? Vous voulez que je la découpe ou quoi ? »

Nous allâmes à la cuisine, j'ouvris le four : la dinde semblait prête à éclater, elle était dorée à souhait. Mister Salgado rayonnait, on le sentait soulagé d'un énorme poids. « Ah ! Ça m'a l'air bon », dit-il joyeusement. Il ferma les yeux un instant.

« Dites, monsieur, peut-être que les invités aimeraient la voir avant qu'on la découpe ? suggérai-je.

— Je vais la découper. Il faut la trancher. Oui, pose-la sur la table, je la découperai. Où est le couteau ? Fais passer les autres plats pendant que je fais ça. Tu es sûr qu'elle est bien cuite à l'intérieur ?

— Oui, monsieur. » Elle était cuite à la perfection. « Elle est prête. Regardez. » Je la soulevai, la posai sur notre plus grand plat, tandis qu'elle bombait fièrement son torse de dinde.

« Parfait, parfait, dit-il avec un grand sourire. Apporte-la, apporte-la. »

Mes muscles ont dû doubler de taille, ce Noël-là, à force de faire entrer et sortir la dinde du four pour l'arroser de jus ou vérifier l'assaisonnement, à force de la soulever, de la faire passer du plat de cuisson au plat de service, d'une table à l'autre.

Le temps que je l'apporte à la salle à manger, Mister Salgado avait fait entrer ses invités. Ils s'étaient sagement mis en rang, et Nili s'affairait à échanger les places pour que ces dames ne soient pas toutes du même côté. Je fis mon entrée avec la dinde, caché ou presque par cette dernière. Des gloussements de plaisir et de surprise fusèrent : « Mon Dieu! Regardez-moi cette dinde! » Et « *Machang*! » suivis de réflexes approbateurs, murmures, dent qu'on suçote, sans oublier des rots d'anticipation de la part de Dias. Je posai la dinde devant Mister Salgado.

« Asseyez-vous, asseyez-vous, dit-il à ses invités.

— Découpe, découpe », suppliait Dias.

Je reculai un instant pour les laisser s'installer. Ils firent des tas de manières, mais des manières sympathiques, dues à l'excitation. Je sentais déjà, avant même la première bouchée, que le repas allait être une réussite : l'ambiance était parfaite, et l'ambiance, j'en suis persuadé, est l'ingrédient essentiel au développement du goût. Le goût ne vient pas de la bouche, il dépend entièrement de l'esprit. Je prépare chaque plat de façon qu'il séduise l'esprit par tous les biais possibles et imaginables. La bouche, je n'ai besoin que de la titiller, de la faire saliver, ce que je peux faire ne serait-ce qu'à la simple vue de ce que je présente, l'odeur – arôme que l'on frotte à cru sur la peau, voire sur l'assiette –, le plat chaud qui grésille ou l'aromate qui attendrira la viande. Sel, sucre, citron vert et chili suffisent à offrir à la bouche une palette d'une incroyable variété. Et l'oiseau exotique de ce soir n'avait guère besoin de moi pour faire exploser de sensations les imaginations en selle et déjà impétueuses.

Tête baissée, Mister Salgado se concentrait. Il brandit trois tranches élégantes coupées dans le blanc ; à l'aide de son couteau, il les disposa sur un plat. De la vapeur s'élevait de la chair blanche. Il regarda autour de lui. « Quelqu'un veut une cuisse ? Melanie ?

— Du blanc pour moi, s'il vous plaît. Je suis devenue végétarienne l'année dernière. Moi qui croyais que vous le seriez tous, par ici! Entre-temps, mes nombreux voyages, et surtout celui que j'ai fait en Inde, m'ont tellement affaiblie que j'y ai renoncé. » Ses épaules d'un blanc laiteux, moucheté, tremblaient tandis que, des doigts, elle se ratissait les cheveux.

Robert partit d'un petit rire. « Histoire de satisfaire vos fringales de petite rouquine celte, vous voulez dire…

— Divinement primitif! Alors, qui en veut? Dias ? » poursuivit Mister Salgado.

Je vis que Dias voulait une cuisse. Ses lèvres étaient moites. Il les rentra et, d'un regard rapide, il fit le tour de la table.

« Allez…

— Très bien, alors donne-la moi.

— Tu la veux tout entière ?

— Non, non, tu es fou ? Découpes-en juste deux ou trois tranches, *men*. Qui peut faire un sort à une cuisse de cette taille ? »

Je fis passer les légumes. Puis un vin de Jaffna rouge rubis, offert à Mister Salgado par Miss Nili qui l'avait soutiré à un pasteur de la région où sévit la prohibition. Elle expliqua aux autres convives que cette bouteille provenait d'un des meilleurs celliers du pays. Le pasteur peignait lui-même les étiquettes. Tous la regardaient parler, surtout Robert qui, lui, semblait boire ses paroles. Entre les divers épisodes, elle me demanda de faire repasser les plats, donnant l'impression quelle était l'hôtesse plutôt que l'invitée d'honneur. Je fus heureux de lui complaire et de la regarder faire tandis que j'attendais.

Sa nuque était dégagée. Sa robe était retenue par d'étroites bretelles noires. Elle avait relevé ses cheveux, une barrette d'argent les enserrait. Des mèches s'étaient échappées mais je pouvais encore voir une grosseur toute rouge, une sorte de grain de beauté ou de piqûre d'insecte, sur le côté gauche de son cou, le long d'un tendon duveteux. La grosseur glissait lorsqu'un mouvement de tête en réponse à quelqu'un étirait la peau. Ses oreilles bougeaient aussi quand elle parlait. Elles étaient plus grandes que je ne l'aurais cru. Elles formaient deux rides symétriques à l'endroit où elles rejoignaient son cou et les contours extérieurs se racornissaient comme le bord d'un *papadum* au contact de l'huile chaude. J'aurais voulu de mes mains lui plaquer les oreilles tout en laissant les portes de son âme ouvertes, comme les lèvres d'une conque rose vernissée. Un parfum se dégageait d'elle et quand je m'approchai pour la servir en pommes de terre, l'odeur me parut plus forte. Elle émanait de sa gorge, du tréfonds de sa robe froufroutante. Nili avait les coudes sur la table, elle était toute voûtée. Elle avait dû étaler le parfum avec ses doigts, le frictionner comme de la gelée royale, pour assouplir sa peau. Elle acheva son histoire et leva la main pour m'empêcher de continuer à remplir son assiette. Mon sarong, qui me collait aux hanches, effleura son bras. Elle ne remarqua rien. Elle regardait de l'autre côté de la table. Le regard de Robert avait croisé le sien ; il souriait, la tête timidement penchée sur le côté. Un morceau de dinde tomba de sa fourchette. Elle le rattrapa prestement en s'exclamant : « Jésus !

— Jésus ! murmurèrent les autres en levant leur verre de jus de raisin fermenté.

— L'ère du Verseau ! » lança Nili en pleine forme.

Robert rit et applaudit.

Je fis rapidement le tour de la table pour servir Dias. « Des pommes de terre, monsieur ? »

Il me fit un clin d'œil.

Je le servis généreusement.

« Dis-moi, Triton, on se croirait au Savoy, non ? »

Je hochai la tête, gêné, comme si on m'avait surpris en train de jouer du mauvais côté de la rue. « Notre Monsieur voulait que ça change de tous les jours », répondis-je doucement, pour que lui seul puisse entendre.

Il se pencha vers moi. « Dis-moi, tu as du *katta sambol* ou quelque chose du genre ? Du chili vert ? Apportes-en. *Poddak*, hein ? Histoire de relever un peu tout ça. »

Mr Dias était un grand amateur de ce genre d'assaisonnement : avec lui, tout devait avoir le goût de chili. Il en avait besoin comme d'autres ont besoin de café, pour garder ses nerfs en éveil. Sans doute était-ce parce qu'il fumait beaucoup. Si j'avais su qu'il venait, j'aurais mis deux fois plus d'épices dans la sauce, pour qu'il les sente, au lieu d'avoir à les y glisser en catimini. Si les autres l'avaient vu, tout le monde aurait réclamé du chili et ma sauce aurait été gâchée. « J'apporte ça dans une minute », dis-je en passant au suivant.

Mister Salgado avait fini de découper la dinde ; il me fit signe d'approcher. Sans un mot, il m'indiqua que je devais mettre la carcasse sur la table, au milieu.

« Dites, Ranjan, d'où vient votre dinde ? Avec les restrictions sur les importations qui changent tous les jours, je n'ai rien pu trouver. » Kushi-*nona*, l'épouse du dentiste, extirpait les raisins de la farce et les examinait attentivement.

Mister Salgado expliqua que la dinde venait de Peacock House. « Un type a commencé un élevage aux environs d'Alawwa et il approvisionne Peacock House en volailles. C'est sa première saison, si j'ai bien compris.

— Je parierais qu'il a un paon qui fait la roue dans son élevage de dindes, gloussa Dias.

— Oh ! Dias ! » Nili lui donna un coup de coude dans les côtes. « Un peu de sérieux, voyons ! » Elle rit, rejetant la tête en arrière. Je pouvais voir la viande glisser le long de son cou.

« Je l'ai rencontré, dit le docteur Perera. Fernando, Maxwell Fernando. Un gars qui a de l'idée ! Je ne sais pas comment il s'est procuré ses dindes, mais il a trouvé je ne sais trop quelle combine qui lui permet de les engraisser à moindres frais. Il fait de sacrément bonnes affaires.

— Dans ce cas, j'espère que vous ne vous êtes pas fait avoir ? » Melanie toucha le bras de Mister Salgado pour le réconforter.

« Oh ! Juste une dinde et juste une fois par an… Quel mal y a-t-il à permettre à ce brave Fernando de faire un petit profit ? Il faut encourager ces jeunes qui se lancent dans les affaires. Il haussa les épaules. Ce sont les seuls artistes que nous ayons à notre époque… »

Après avoir fini de servir, je me tins en retrait près de la porte. Couteaux et fourchettes cliquetaient, coupaient, piquaient à qui mieux mieux. La bouche du professeur Dunstable s'activait furieusement : elle semblait se froncer en une fleur minuscule quand il mâchait. Chaque bouchée était pulvérisée, comprimée, malaxée jusqu'à ce qu'elle fasse bouffir ses lèvres comme si elle allait être expulsée, il avalait alors et la boule d'aliments dégringolait dans son gosier. Mohan Wickremesinghe l'observait avec un intérêt tout professionnel.

Je ne pouvais voir le visage de Miss Nili mais je voyais ses bras remuer, couper, acheminer. Mister Salgado était le seul à ne pas avoir un bon coup de fourchette. Il veillait à ce que je n'en mette pas trop sur son assiette, mais il semblait heureux, son regard ne quittait pas Miss Nili, assise en face de lui. Robert approuvait de la tête ce que disait le docteur Perera, qui se lançait dans des envolées lyriques au sujet des expéditions sur la lune. En grande conversation avec Melanie, Dias semblait avoir oublié son chili.

Dans le village de mon père, il y avait jadis ce que l'on appelait les jours d'aumône. Je percevais une similitude entre ces jours d'aumône et ce que je vivais là, à cette seule différence que cette fois, cela avait à voir avec Jésus, même si personne ne mentionna plus son nom après le premier toast. On aurait dit que les pensées de Mister Salgado, qui présidait la table, allaient plus ou moins dans le même sens que les miennes à ce sujet. Ce n'était pas de la charité, mais il y avait un geste. Mon rôle à moi, c'était de transformer l'intention en quelque chose de comestible. Je donnais en faisant la cuisine, et cela me donnait un certain plaisir en retour.

Il restait encore beaucoup de blanc, aussi décidai-je de continuer à découper la dinde et de faire repasser le plat. Mister Salgado approuva d'un signe de tête.

Tout le monde se resservit, tout le monde sauf Mister

Salgado. Pour apprécier la nourriture, il fallait qu'il puisse se détendre seul, dans un sarong bien ample, sans avoir à participer à la conversation. Il préférait se concentrer sur une chose à la fois.

L'un après l'autre, les convives arrivèrent à satiété et déposèrent leurs couverts. Lorsque je vins enlever leurs assiettes, j'entendis des petits grognements de satisfaction, accompagnés d'un long et grave renvoi de Dias. Robert me regarda droit dans les yeux, de ses iris de glace pilée aux reflets bleus, il me dit un merci tranchant, glacial.

Pour le dessert, j'apportai le pudding de Noël acheté en ville, sans m'inquiéter toutefois : vu ce que les invités avaient eu pour plat principal, je savais que l'on pouvait se permettre de ne pas se fatiguer pour le pudding.

Mister Salgado suggéra que l'on passe au salon pour le café, les invités se levèrent pour aller prendre place sur leurs perchoirs aux coussins en caoutchouc mousse. Je leur laissai les tasses, les soucoupes et une grande cafetière pour qu'ils se servent à volonté. Miss Nili versa le café tandis que je débarrassais la table avec ce que j'imaginais être le cliquetis de couverts très professionnel des serveurs du Sea Hopper Hotel. Les étrangers prirent congé de bonne heure à coups de polis « Joyeux Noël » et « Salut ! ». Les autres se lancèrent dans une discussion sur la récente libération de la cabale des Généraux de division.

« Une grave erreur, dit Mohan. Il ne s'agit pas juste d'un quarteron de gars de l'armée de terre et de la marine qui ont fait leur temps. On n'est plus en 62 : à l'époque, la seule trahison que l'on avait pu envisager, ç'a été ce coup d'État à la noix, une escarmouche de salon !

— Eh oui… Et que pensez-vous de ce docteur Tissa, ce mystérieux docteur Tissa ? Dias agitait son petit doigt dans les airs. Je parie qu'il va faire parler de lui, celui-là !

— Le docteur Tissa ? Oui, celui qui a si astucieusement diagnostiqué le mécontentement! Le premier imbécile venu peut vous dire que les jeunes sont très mécontents. Cet abruti n'a qu'une envie, nous flanquer dans le pétrin!

— Qui est-il ? demanda Mister Salgado.

— Un gars qu'ils ont envoyé à Moscou avec une bourse d'études. Maintenant ce guignol veut devenir un héros du peuple. Un révolutionnaire. »

J'entendis Miss Nili dire que chaque jour des demandeurs d'emploi s'arrêtaient à l'hôtel où elle travaillait, tous étaient surqualifiés.

« Y a de l'orage dans l'air, grommela Mohan en se levant. C'est du sang et pas du boulot, ce qu'ils veulent. Ce qu'ils veulent, c'est une bonne purge. Ils veulent tous nous liquider, oui, chacun d'entre nous. » Il regarda les dents éblouissantes de son épouse. « Bon, viens, on part.

— Et vous, Nili ? Vous voulez qu'on vous dépose, ou Dias s'en chargera ?

— Je m'en charge, je m'en charge. »

Plus tard, une fois la table desservie, je vins leur proposer à nouveau du café.

« Non, non, plus de café », répondit Dias en secouant la tête, l'air grave. Puis il ajouta. « Très bon, Triton. Un excellent repas. » Il se tourna vers les deux autres. « Un cuisinier hors pair, ce garçon! De première classe. Un vrai chef, n'est-ce pas ? »

Je reculai.

« À ton tour, maintenant, dit Mister Salgado. La dinde est à toi.

— Monsieur, et pour monsieur ?

— Demain. Elle sera meilleure demain.

— Comment ? Comment pouvez-vous dire demain... Nili était furieuse. C'est vraiment idiot de dire ça. »

Mister Salgado se tourna vers moi. « C'était bon. Très bon. J'en reprendrai plus tard. »

J'aurais bien voulu qu'il se serve tout de suite. Je me sentais toujours gêné de toucher à la nourriture avant lui. Parfois, s'il ne prenait rien de ce que je lui avais préparé, je ne prenais rien non plus jusqu'au lendemain. À moins que je ne me prépare autre chose. Sinon ce serait lui qui mangerait mes restes. Ça ne se faisait pas.

Quand je revins à la cuisine, la table semblait crouler. La seule vue de cette pile d'assiettes, de plats et de cette carcasse à demi mangée, m'épuisait. Il restait encore au moins deux heures de travail et cela ne pouvait attendre jusqu'au lendemain, sinon, l'endroit serait infesté de rats et de cafards. La dinde, dont la carcasse se dressait comme un chapiteau, ne tenait pas dans le réfrigérateur. Il faudrait la désosser, puis faire la vaisselle.

Désosser est en soi une sorte de délassement : ça vous apaise. Comme ces choses qui se font après les heures de travail. Vous pouvez perdre toute notion de ce qui vous entoure et ne faire plus qu'un avec le couteau, dégageant patiemment les petits bouts de blanc du cartilage et des os mous. Tout l'intérêt d'être en vie est alors simplifié : votre être conscient est totalement investi. C'est différent de la vaisselle qui comporte de multiples tâches : il vous faut penser, décider, trier ce qu'il faut jeter, ce qu'il faut mettre à tremper, ce qu'il faut nettoyer. Essuyer est le seul temps de la vaisselle qui rappelle la simplicité et la beauté ritualiste du désossage, mais le fait d'avoir finalement à vous demander où ranger ce que vous venez d'essuyer vient tout gâcher. Désosser est plus vil ; cela évoque l'animal qui dévore sa proie sans la consommer. Un retour aux valeurs originelles. Le chasseur économe. Un processus de digestion. Un survivant : moi. Une limace de mer.

Je venais de trancher le sot-l'y-laisse et j'étais parvenu aux deux tiers de la carcasse, quand Miss Nili entra.

«Joyeux Noël, Triton!» me dit-elle doucement depuis la porte.

Je me retournai, courbé au-dessus de ma table d'opération, n'ayant aucune envie de mettre en péril mes progrès dans l'articulation.

«J'ai un présent pour toi.»

Ne sachant que dire, je ne dis rien.

«Tu sais, pour Noël, nous offrons des cadeaux. C'est pourquoi j'ai quelque chose pour toi.»

Moi je n'avais rien pour elle…

«Un présent?»

Elle me tendit un petit paquet.

Je m'essuyai les mains à un torchon, mais elles étaient encore toutes grasses. Je ne pouvais pas le toucher. «Attendez», dis-je, me dépêchant de me les relaver dans l'évier, les frottant avec un tampon en fibre de coco et fanon de baleine rose. Je me les séchai avec mon sarong et pris le petit paquet rectangulaire enveloppé de papier brun orné de triangles.

«*Aney*, Missy, je n'ai rien à vous donner en échange…

— Ne sois pas ridicule, Triton, Mister Salgado m'a dit que tu aimerais ça.»

Je devinais que c'était un livre. Je me sentais misérable, confus; j'avais la gorge sèche.

«Ouvre-le.»

Je ne voulais pas ouvrir: l'emballage était si bien fait, les coins en étaient si soigneusement repliés et collés. Je n'avais jamais rien reçu d'aussi beau. Jamais de ma vie on ne m'avait fait un présent. «Un livre?

— Ouvre et regarde», me dit-elle en souriant.

Je pris le couteau à manche noir dont je me servais pour couper les oignons, l'insérai sous le rabat que je décollais en faisant doucement glisser la lame. L'odeur de colle de riz et celle toute fraîche du papier imprimé s'élevèrent comme de la fumée. Je sortis délicatement le livre de son emballage, en veillant à ne pas déformer celui-ci afin de pouvoir m'en resservir. *Cent recettes du monde entier*, illustrées, reliées pleine toile avec une jaquette exhibant des plats sortant d'un globe terrestre.

« C'est un cadeau, j'espère que tu l'aimeras. »

L'aimeras ? J'avais peine à croire qu'elle y ait seulement pensé, pourquoi s'inquiéterait-elle ainsi de moi ? Mais en entendant ces mots sortir de sa bouche, j'étais ahuri qu'elle imagine qu'il puisse exister le moindre doute dans ma réponse. Comme si je pouvais ne pas l'aimer... Comme si je pouvais ne pas aimer le parfum de cannelle dans le riz nacré ou le chant du colibri suçant le nectar d'une rose de Chine.

Elle était là qui me dévisageait. Je lui jetai à mon tour un regard rapide, de deux secondes au plus, tout en réalisant que je n'avais jamais encore fait ça. Je surpris un visage d'oiseau effarouché, son expression naturelle. Je n'aurais pu la regarder à nouveau, même si elle n'avait pas cillé quand nos regards s'étaient rencontrés. Elle resta immobile, semble-t-il, le temps que je saisisse le livre de mes deux mains.

« Ça a été une bonne année, Triton. Pour toi aussi, j'espère.

— Oui, Missy.

— J'aimerais qu'elle dure pour toujours. » Il était tard. Elle était lasse. Elle ne savait plus ce qu'elle disait. Je crois qu'elle avait dû avoir davantage de gin que de citron vert dans son jus de fruit.

« Missy, l'année prochaine sera bonne, elle aussi. Peut-être même meilleure.

— Je l'espère bien, Triton, dit-elle. Mon Dieu, pourvu

qu'elle soit aussi bonne! » Elle fit du regard le tour de la cuisine, et je pris conscience des piles d'assiettes et de plats sales. Un comptoir était encore encombré du matériel dont je m'étais servi pour préparer le repas. J'avais beau avoir tout prévu dans les moindres détails, j'avais passé trop de temps à faire en sorte que tout soit prêt dans la maison, ce qui m'avait forcé à la fin à aller au plus rapide pour que le repas soit servi à l'heure et bien chaud. Il y avait beaucoup à faire à la cuisine. Le sol était dégoûtant. Il lui fallait un bon coup de balai. En fait, il avait besoin d'être lavé, d'être convenablement récuré. Mais avant de faire ça, il me faudrait finir la vaisselle, mettre à la poubelle les bouts de pommes de terre, de courges, d'os et de peau de dinde que les invités avaient laissés dans leur assiette – de quoi nourrir une famille –, il me faudrait rincer, frotter avec de la poudre à récurer puis rincer encore une fois pour éviter que le sol soit jonché de ces détritus et tout de suite inondé. La première chose à faire, c'était de désosser la dinde, puis d'emballer et de ranger les restes pour que les plats à vider et à passer sous l'eau soient prêts à être correctement lavés. L'élan avec lequel j'avais dégagé de la carcasse les derniers morceaux de blanc s'en était allé. Mon énergie s'épuisait tandis que je restais là, sans voix, debout devant Miss Nili, à attendre que ses lèvres remuent. Elle finit par dire : « C'était un excellent repas, Triton. Bravo. »

Je lui dis que tout ça, c'était pour moi du nouveau, que je ne savais pas si la dinde était vraiment bonne. Si elle était ou non meilleure que celle de sa mère.

« Parfaite, Triton. Tu en as eu ? »

Je secouai la tête. Comment aurais-je eu le temps ?

« Sers-toi. Vas-y, sers-toi! » Elle avait beau travailler dans un hôtel, elle n'en savait pas bien long sur ce qu'il faut faire pour tout garder en ordre. Impossible pour moi de manger quoi que ce soit pour le moment, il y avait trop à faire. La faim, j'arrive à refouler ça. Quand vous êtes seul, vous pouvez remettre les choses à plus tard, vous pouvez les laisser de côté. Quand vous n'avez à vous occuper que de vous seul, vous ne vous inquiétez pas : il n'y a pas d'obligations. Le cas échéant, l'estomac s'accommode des circonstances en se contractant, tout comme il s'élargit dès que les jours sont meilleurs. « Ton Mister Salgado ne semble jamais manger, lui non plus, ajouta-t-elle. Qu'y a-t-il donc dans cette maison qui fait que ça vous est aussi difficile de manger, messieurs ? »

Je souris mais ne répondis pas. Cela n'avait rien à voir avec la maison. C'était notre façon de vivre. J'aurais souhaité qu'il dîne avec les autres pour que je puisse ensuite dîner à mon tour, mais je savais parfaitement ce qu'il ressentait : il avait besoin d'être seul pour être à l'aise. Quand il était préoccupé par d'autres choses – des gens auxquels il fallait parler, des invités à l'égard desquels il fallait se montrer attentif, des idées à développer – un repas représentait une trop grande distraction ; prendre un repas en nombreuse compagnie créait un climat d'insécurité, l'attention était toujours divisée. Seuls des intimes pouvaient partager des repas et être heureux. C'était comme faire l'amour. Cela en disait trop long. La nourriture était l'ultime séductrice. Mais je ne pouvais dire ça à Miss Nili. Je n'y avais pas assez réfléchi. J'étais vierge. Je finis par lui dire que je dînerais dès que mon travail serait terminé. Mangez toujours après que tout est terminé, comme ça vous pouvez manger autant que vous voulez, vous l'avez bien mérité.

Même dans notre cuisine mal éclairée, et surtout là où elle se tenait, dans ce coin où la nuit s'infiltrait, assombrissant encore davantage la pièce, je pouvais voir des lignes se creuser autour de sa bouche, tandis que le bout de sa langue – un morceau de chair rouge, tiède, intime – remuait entre ses lèvres. Ses dents reflétaient un rai venu d'on ne sait où, le renvoyant dans la cuisine. Elle était plus petite que moi, mais ainsi debout, dans l'obscurité, en train de parler, elle semblait grandir. Je sentis sa main toucher la mienne.

À l'intérieur du livre, il y avait un billet de trois cents roupies. Un bout de papier orné de dessins gravés à l'eau forte quelque part dans le Surrey: une image, des noms qui ne voulaient rien dire pour moi, des volutes d'encre de couleur. Un bout de papier sans autre valeur que celle d'être à vous, un bout de papier sans la moindre valeur intrinsèque. Ce qui comptait, ce n'était ni l'art ni le talent de l'inconnu qui avait consacré sa vie à devenir expert en ce genre de gravures, ni même les quelques mots inscrits dessus, c'était le simple fait d'être reconnu. Il était posé sur la page de titre.

« Qu'est-ce que c'est ? » demandai-je, mais elle avait disparu. Missy… J'aurais voulu l'appeler pour combler le golfe qui nous séparait. Je n'étais qu'un domestique, mais je voulais qu'il y ait plus que de l'argent entre nous, dans notre petit monde. Elle devait déjà être en train de bavarder avec Mister Salgado et Dias. Je me demandai s'ils étaient tous trois en train d'échanger des cadeaux. Je revins à la dinde, fignolant les os, parant la carcasse. Je n'avais pas grand-chose d'autre à faire : ma chair fondait, me laissant gourd et vide. Je me sentais stupide de ne pas avoir tiré meilleur parti du temps qu'elle avait passé avec moi à la cuisine, de ne pas en avoir appris davantage. Il y avait tant de choses dont nous aurions pu parler… Au lieu de cela, je me retrouvai avec un silence que seuls ponctuaient mon couteau qui raclait les os, les rats qui grattaient le mur et les hordes de cafards rampant à l'aveuglette dans nos placards humides et sombres. Au début, son parfum avait envahi la maison, dominant le fumet étourdissant de la dinde ; il semblait maintenant n'avoir laissé en moi qu'une trace amère.

L'aile droite détachée, me voyant enfin au bout de ma tâche, je mis les os dans un grand bol pour en faire du bouillon puis j'emballai la chair dans une boîte en plastique ; cette fois, ça tiendrait dans le réfrigérateur qui vrombissait sur la véranda, entre la cuisine et la salle à manger. Un chat perdu ronronnait à côté. Je sifflai pour le faire décamper et plaçai la dinde dans la partie la plus froide.

Dans la maison, Dias parlait, je l'entendais. Il avait bien bu, il était en pleine forme. « Fantastique ! » s'exclama-t-il. Sa voix s'éleva d'une octave : « Nili, vous êtes fantastique ! » Elle éclata de rire. Leurs voix se confondirent avec celle de Mister Salgado avant d'aller cascader dans le petit jardin à l'arrière de la maison. Dans l'obscurité, leurs voix prenaient vie, elles évoluaient autour de moi comme si j'étais au fond de l'eau et, elles, des poissons en train de nager ; elles laissaient une trace perceptible mais invisible, des petits courants, des ondes. Ce rire avait des notes de démence alors que les échos de Mister Salgado – je ne pouvais saisir les mots – évoquaient un courant profond, rassurant. Tout cela allait rejoindre les bruits du voisinage. J'imaginais ceux qui dans notre rue dormaient peut-être : dans chaque maison au moins deux ou trois personnes étaient allongées, seules, sur une natte, dans un coin, j'avoue que cela ne m'aurait pas déplu. Une soixantaine de corps paresseusement allongés, seuls, sur le ventre, se sentant juste eux-mêmes, dans notre allée, un flux de sang gonflant leur chair. Ajoutez peut-être une trentaine de couples, maris et femmes, amants, porte close, fenêtre ouverte, enlacés, contorsionnés dans quelque étreinte amoureuse, affectueuse ou rituelle, poussant, ébranlant l'allée, maison par maison, en un unisson dont ils étaient béatement inconscients, murmurant frénétiquement, pensant au dîner ou au petit-déjeuner – ou même à leur cuisinier – tout en faisant une sorte d'amour qui durerait toute la nuit. Combien ce soir auront trouvé un nouveau compagnon ? Que se disent-ils en des moments comme celui-ci, dans l'obscurité, alors que, derrière la porte à côté, et la porte à côté de la porte à côté, tant d'autres êtres sont eux aussi couchés ? Joyeux Noël ? Tu veux vraiment, n'est-ce pas ? Chéri ?

Je marmottais quelques mots dans la nuit, enrichissant l'air à ma façon, comme je l'aurais fait, seul, dans les rizières de mon père. Là-bas, j'imaginais une étreinte qui enserrerait le monde entier : par-delà les cocotiers, le poulailler, les porcs sauvages, le léopard et l'ours. Mais jamais jusqu'ici, je n'avais imaginé ces multitudes de citadins coulant leurs halètements dans la vie d'autrui.

Dias était chrétien, Nili aussi. Il portait autour du cou une petite croix suspendue par une chaîne d'or toute fine. Sans doute était-ce pour cela qu'il était aussi heureux ce soir. Sans doute se donnaient-ils bien davantage en partageant une culture autant que des présents ? Qu'y avait-il de particulier entre chrétiens à cette époque de l'année ? Était-ce de l'argent ? Je voulais savoir.

J'entendis alors des « au revoir », puis la vieille Wolseley de Mr Dias démarra et s'éloigna bruyamment. J'entendis Mister Salgado rentrer. La soirée était terminée. Il pouvait m'appeler s'il désirait manger quelque chose. Ma faim avait disparu.

Plus tard, croyant qu'il était allé se coucher, je me rendis dans l'aile principale de la maison afin de fermer les portes et éteindre les lampes. Seuls le lampadaire du salon et la guirlande de l'arbre de Noël étaient allumés. Je me dis qu'on pourrait peut-être laisser les lumières de

Noël puisque ce n'était pas une nuit comme les autres, mais qu'il serait bon d'éteindre le lampadaire. J'entrai sans faire de bruit et je les vis, Mister Salgado et Nili, sur le canapé, près de l'arbre. Blottis l'un contre l'autre, ils murmuraient. Ils ne me remarquèrent pas. C'était leur Noël. Je m'éloignai jusqu'à ce que je ne puisse plus les entendre.

III

Mille doigts

Quelques jours plus tard, Miss Nili emménagea. Ce fut pour nous le début d'une ère nouvelle.

Mister Salgado ne me dit rien. Rien au sujet de Miss Nili, rien au sujet de leurs plans. Un nouveau ministre – encore un – se justifiait à la radio quand j'entendis Mister Salgado sortir sa vieille voiture bleue, son Alfa Romeo, une des premières 1300 sur le marché. Il revint deux heures plus tard avec Miss Nili à l'avant, deux valises et des cartons à l'arrière.

« Où dois-je mettre tout ça ? demandai-je.

— Dans la maison, dit-il. Tu peux donner ma chambre à Nili-*nona*, tu mettras mes vêtements dans l'autre chambre. »

Il dit cela avec assurance, sachant parfaitement ce qu'il faisait.

« Je vais habiter ici, précisa doucement Nili. Avec toi. » Elle sourit.

J'aurais dû m'y attendre, je suppose, mais la vitesse avec laquelle notre situation changeait m'étonna. Je n'en laissai rien paraître. Je hochai la tête et ramassai rapidement les valises. La façon dont ils organisaient leur vie ne me regardait pas. J'étais heureux qu'elle vienne habiter avec nous : la maison sembla revivre dès qu'elle entra.

Mister Salgado referma la portière de la voiture et escorta Nili jusqu'à la maison. À les voir, vous auriez pensé qu'elle n'y avait jamais mis les pieds, tant elle s'avançait avec précaution.

J'avais fait le ménage de bonne heure ce matin-là. Le samedi – ou son équivalent lunaire – était souvent, pour moi, le jour de la semaine le plus imprévisible. Mister Salgado me demandait parfois de l'accompagner au marché parce qu'il avait envie de bananes, d'ananas ou de viande rouge et avait besoin de moi pour repérer les affaires les plus intéressantes. J'étais devenu son expert en la matière : j'avais ma façon d'apprécier la qualité et j'étais beaucoup plus dur en affaires que lui ; mais, quand il m'emmenait, le ménage passait à l'as et c'était la course pour arriver à tout faire avant la fin de la journée ; de temps en temps, il fallait même y renoncer. Par bonheur, ce jour-là, il s'était rendu seul à son rendez-vous, aussi, lorsqu'ils arrivèrent, le salon était-il épousseté, rangé ; et tant la chambre de Mister Salgado que la chambre d'amis qu'il se proposait d'habiter désormais étaient impeccables.

Au salon, Nili hésitait.

« Attendez, Missy-*nona*, lui dis-je. Je vais préparer votre chambre.

— Asseyez-vous, lui dit Mister Salgado. Si nous prenions une tasse de café ? » Elle était encore une invitée : en ce sens, rien n'avait changé.

« Oui, monsieur, j'apporte le café. » J'emportai les bagages dans la chambre, les posai à côté du lit. La perspective de déménager les affaires de Mister Salgado dans l'autre chambre n'était guère réjouissante. Pour quelle raison faudrait-il envisager cela ? Pour combien de temps ? C'était une chambre d'homme : devrais-je changer le mobilier ? Mes rideaux orange ? Je me souvins de la façon dont elle avait regardé par la fenêtre le jour où elle et moi étions allés choisir une chemise dans la penderie ; lui avait-il alors effleuré l'esprit qu'elle pourrait s'installer un jour dans cette chambre ?

Lorsque j'apportai le café, je les vis assis tous deux l'un en face de l'autre à se regarder, selon leur habitude. Je posai le plateau avec les deux tasses sur la table, entre eux. Elle ne prenait pas de sucre, juste du lait. J'avais le tournis rien que de me dire que je savais ça. Je rapprochai d'elle une des tasses, elle leva la tête, et dit : « Merci, Triton. »

Des paroles que je bus comme du petit-lait. « Je vais préparer la chambre », dis-je.

J'entendis glousser. Je me tournai vers Mister Salgado, il souriait. Il se renfonça dans son fauteuil et son visage parut se détendre, s'élargir comme jamais auparavant. J'ignorais ce qui pouvait être si drôle. Son col de chemise était retourné d'un côté comme s'il l'avait tripoté. Je n'y touchai pas, me disant que c'était maintenant à elle de s'occuper de ce genre de choses. Libre à elle de le lui dire, de se pencher pour le lui arranger. Après tout, peut-être qu'elle l'aimait ainsi : plus détendu, plus heureux, plus insouciant. Le célibataire de jadis commençait à trouver les femmes à son goût.

Le problème, c'était ses chaussures : j'arriverais à faire tenir les vêtements dans l'armoire de la chambre d'amis, mais les chaussures, c'était impossible : Mister Salgado en avait trop. Il les collectionnait. Jusque-là, peu importait, puisqu'il y avait dans sa chambre un grand placard où il en gardait une dizaine de paires – y compris ses richelieus ; la plupart semblaient trop pointues pour être confortables. La chambre d'amis, elle, n'avait pas la possibilité d'abriter pareille collection. Je ne pouvais les laisser là où elles étaient, sachant que Nili partageait son faible. Les cartons qu'elle avait apportés devaient en être bourrés. Chaussures noires, dorées, ivoire et même rouges, escarpins à hauts talons, chaussures basses, semelles de liège, de caoutchouc ou de cuir. Et des sandales, à ne savoir qu'en faire. J'avais remarqué ses sandales : des sandales de cuir parées d'une bride en filigrane d'argent qui crissait autour du cou-de-pied, ou du talon. Elle raffolait de ce genre de choses, *chappals* indiens, tresses de cuir et bijoux tout simples, en argent massif. À la fin, je fourrai les chaussures de Mister Salgado dans un vieux coffre à thé que j'entreposai sur la véranda à l'arrière de la maison, espérant qu'elles ne moisiraient pas et ne se détérioreraient pas, lot commun de ce qu'on mettait au rancart. On réglerait le problème par la suite. Peut-être pourrait-on faire faire un deuxième placard à chaussures, cela ne coûterait pas trop cher, par rapport à ce qu'il dépensait pour ses pieds.

Après avoir tout déplacé, tapissé les étagères de papier brun, rafraîchi les moindres coins et recoins de gouttes d'eau de rose, je regardai les valises. Elles n'étaient pas fermées à clef, je les ouvris. Jamais je n'avais touché de vêtements féminins : des corsages de batik, des ballots de robes en soie qui vous filaient entre les doigts. Une seule main me suffit à soulever un monceau d'étoffe fine et brillante, aussi légère que des plumes. Je découvris par-dessous des petites choses noires et des accessoires blancs : des coupes en satin munies de bretelles, de crochets et d'élastiques, dont le fond pointait à l'endroit où se rejoignaient les coutures. Je saisis un autre paquet tout flasque mais j'eus l'impression, cette fois, d'être un peu dépassé par la situation. Cette étoffe-là ne ressemblait à rien de ce que j'avais vu jusqu'ici ; elle était toute différente de celle des sous-vêtements de Mister Salgado équipés de poches, de goussets et de petites fentes pour permettre à son tuyau de viser. Ils étaient toujours en bon et honnête coton, sauf pour les supports athlétiques qui semblaient en parchemin rigide. Mais l'étoffe des affaires de Miss Nili était fabuleuse. Je revins lui demander ce que je devais faire. « L'armoire est vide, dis-je. Voulez-vous que je défasse vos valises ?

— Oh ! Oui, s'il te plaît. Fourre ça où tu pourras, ce ne sont que des vêtements.

— Ce qu'il y a dans les cartons aussi ? demanda Mister Salgado.

— Non, ne touche pas aux cartons pour le moment. Il n'y a rien là-dedans dont j'aie vraiment besoin.

— Monsieur… L'espace d'un instant la bouche me picota. Vos chaussures. »

Mister Salgado eut un mouvement de recul.

« Un autre placard à chaussures… »

Il secoua la tête, je crus que c'était pour dire non, mais il agita la main, signifiant par là plus tard, plus tard… Nous en reparlerons. S'inquiéter des chaussures était moins important que d'installer convenablement Nili. À mon avis, c'était exactement ce qu'il fallait faire, commencer par les corsages, les pantalons, les robes et toutes ces petites choses avec leurs cordons et leurs dentelles. Je ne m'étais jamais rendu compte qu'une femme pouvait avoir autant de moules où se couler. Chacun avait une odeur différente. Venait-elle de sa peau ? De son parfum ? De son être intime ? Une valise contenait un sac de vêtements sales, y compris des slips raidis au milieu par quelque chose qui ressemblait à du lait en poudre. Je mis tout cela dans notre corbeille à linge. J'étais étonné de voir du linge sale, mais je me dis qu'elle avait dû faire ses valises à toute allure. Si vous portez des vêtements comme on le fait maintenant, vous vous retrouvez toujours avec des affaires sales à la traîne. Pour moi, à l'époque, c'était beaucoup plus facile : sitôt que ma chemise et mon sarong étaient sales, je les lavais. Sans attendre. Un seau d'eau et du savon. Mais elle avait une façon différente de porter les vêtements. Je rangeai avec soin les affaires propres, entreposant les valises au-dessus de l'armoire, derrière la corniche en bois sculpté.

Mister Salgado rayonnait, on aurait dit qu'une lanterne magique éclairait sa peau par transparence. Son visage s'épanouissait en un sourire de gamin, les coins de sa bouche remontaient irrésistiblement tandis que ses dents se forçaient un passage à l'air libre. Les angles de son visage s'arrondissaient. Il semblait engraisser, chaque repas qu'il prenait avec elle à la maison le rendait plus fort. Je m'attendais à ce que ses chemises craquent aux emmanchures, à ce que les muscles de ses bras distendent la trame du tissu. Même la maison n'était plus la même lorsqu'il était là ; on percevait davantage sa présence qui se frayait un chemin à travers les effluves oisifs de Nili. Il me regardait en parlant, lui qui, jadis, semblait communiquer à travers deux miroirs et une peau de tambour. J'avais pour la première fois l'impression qu'il était vraiment là, en face de moi, que son esprit n'était pas ailleurs.

Miss Nili devint la dame de la maison, notre *nona*, même s'il ne disait jamais rien d'elle, ni de sa situation. En ces jours de violence quelque chose semblait inciter à des changements aussi peu orthodoxes. Sombrant dans une dette sans précédent, le reste du pays se préparait à un changement d'un ordre complètement différent, de bestiales sauvageries qui feraient de nos *chandiyas* – nos matamores – des casseurs, de nos débauchés des mercenaires, de nos dirigeants des mégalomanes à la petite semaine. À l'époque, la politique du pays ne m'intéressait guère : chacun doit vivre selon son rêve. Les bouleversements survenus chez nous me suffisaient : non seulement les chambres avaient changé de propriétaire, mais dans chaque pièce les meubles avaient été déplacés tandis que des plantes avaient été importées dans les recoins trop nus; on attendait de nouveaux rideaux style batik, les vieux fauteuils avaient été recouverts, murs, boiseries et babioles avaient été refaits. Il me fallut organiser beaucoup de ces opérations, mais il s'agissait juste de suivre les instructions. Je n'eus à décider de rien, je n'eus à établir ni un programme ni un ordre de priorités. Missy-*nona*, Nili, assuma tout cela : ce n'était pas pour rien qu'elle avait dirigé la réception du Sea Hopper Hotel. Elle me laissa toutefois en charge de la cuisine et de la préparation des repas. En prenant les rênes de la maison, elle délimita nos responsabilités respectives.

Désireux de lui faire goûter le monde entier à travers mes doigts, je me mis à cuisiner comme un magicien – depuis les beignets de crevettes jusqu'aux soufflés au rhum. Je préparai même un beau poisson-perroquet la première fois qu'il emmena Nili-*nona* dans son bungalow.

« Demain, allons donc faire de la plongée sous-marine là-bas, dans ma baie, avait-il dit.

— Ce n'est pas dangereux ?

— C'est un univers fabuleux. Absolument fabuleux. Je te montrerai les poissons, les coraux. Nous essaierons même de trouver des tortues de mer. On pourra ensuite flotter jusqu'au rivage. Nager au-dessus de la fosse ! »

Nili fronça des sourcils soigneusement dessinés. « De la fosse ?

— Au-delà du récif, il y a une falaise au pied de laquelle le fond de la mer plonge à des centaines de mètres. Le tréfonds du monde. On ne peut pas le voir. On ne voit que ces structures préhistoriques. De gigantesques montagnes. Mais on n'y court aucun danger. Une fois qu'on y est, on peut aller faire un tour jusqu'en Indonésie et revenir.

Aucun problème. » Mister Salgado passait les doigts dans ses longs cheveux tout en tiraillant sur des mèches.

« Le mot fosse fait bizarre…

— Ça ne l'est pourtant pas!

— Ne prends pas la mouche comme ça! »

Il se rapprocha d'elle, elle tendit la main vers lui. « Sous la mer… », dit-il. Il la souleva, la serrant contre lui. « Tu connais, toi ? Sous la mer. » Elle se mit à rire.

Par-delà le récif, des bancs de poissons tournoyaient, éblouis. Mister Salgado tenait la main de Nili tandis que l'écume de mer qui tourbillonnait en dessous effaçait l'empreinte de leurs pas sur le sable. Pour une fois, nous étions seuls – ni garnements, ni vagabonds. À l'exception de Wijetunga, l'assistant de Mister Salgado, la plage nous appartenait.

Wijetunga m'aida à déballer les provisions à la cuisine. Il arborait désormais une barbe épaisse. Ses cheveux avaient poussé et il portait une raie basse d'où les mèches bien plaquées repartaient de l'autre côté. Il semblait plus disposé à me parler cette fois-ci. Le petit garçon qui l'aidait n'était pas là. Lorsque je lui demandai ce que devenait le *kolla,* Wijetunga me répondit qu'il l'avait envoyé à l'école. « Un enfant doit recevoir une éducation, sinon que veux-tu qu'il devienne, ici, dans ce pays ? » Tandis qu'il parlait, sa respiration devenait plus aisée, comme si soudain son nez, sa gorge, s'étaient dégagés.

Mister Salgado vint plus tard lui poser des questions sur son travail. Wijetunga répondait la tête baissée. Il expliqua qu'il devrait s'absenter quelques jours à partir de cet après-midi. Il en avait fait par écrit la demande à Colombo. Il n'avait pas été averti de notre venue.

« Ça va, ça va, dit Mister Salgado en agitant la main.

C'est bien. J'examinerai les rapports la semaine prochaine. Passe au bureau quand tu seras à Colombo. Nous pourrons parler tout à notre aise. » Mister Salgado parut soulagé.

Par la suite, Wijetunga me demanda : « Pourquoi ne vient-il pas plus souvent par ici ? Pas un mot de lui depuis des semaines, et puis soudain le voilà qui débarque. Pourquoi ? »

Je mentionnai Miss Nili.

« Nili-*nona.* Elle dirige un hôtel pour touristes à Colombo.

— Touristes ? » Il secoua la tête, l'air consterné. « Tous ces gens s'imaginent que les touristes seront notre salut. La seule chose qu'ils peuvent voir, ce sont des poches bourrées de fric étranger. Ils les voient arriver par avions entiers. N'ont-ils aucune idée de ce qui va se passer ? Ces touristes causeront notre ruine ! Ils feront de nous des esclaves. Ils vendront nos enfants... » Sa main se resserra sur mon épaule. « Tu sais, frère, notre pays a vraiment besoin d'un bon coup de balai. *De fond en comble.* Pas d'autre solution. *Pour créer, il nous faut détruire.* Compris ? Comme la mer. Tout ce qu'elle détruit, elle s'en sert pour faire quelque chose de mieux. » Il me laissa aller et se mit à contempler l'océan qui était sens dessus dessous, un froncis bleu intense qui se préparait à engloutir le soleil. « Connais-tu les Cinq Leçons ? » me demanda-t-il doucement. Il ne voulait pas dire les Écritures, les Préceptes. Il parlait des leçons simplifiées qui expliquaient la crise du capitalisme, l'histoire des mouvements sociaux et esquissaient une révolution sri-lankaise. « Tu sais ce qui s'est passé à Cuba ?

— Mais je ne suis qu'un cuisinier, répondis-je.

— Il faudra qu'on parle la prochaine fois, frère. » Sa barbe s'entrouvrit, laissant passer un petit sourire estropié. « Tu ne lui en dis pas un mot, d'accord ? Pas encore. Pour le moment, frère, tu fais la cuisine. Mais un jour… » Il ferma les yeux un instant : « Nous pourrons profiter de la vie. » Je me demandai s'il avait jamais parlé ainsi à qui que ce soit. Je respirai à fond, mais l'air s'était aigri en passant au-dessus du fossé rempli de coques de copras qui longeait l'enclos.

Ce soir-là au bord de l'océan, je préparai un curry *pol-kiri-badun*, un *pittu* à l'étuvée et des *brinjals*, ma grande spécialité, mais Mister Salgado et Nili remarquèrent à peine mes efforts culinaires. Les petites peaux pourpres et brillantes étaient décorées de tomates vertes et de nos fines herbes appelées *embilipitiya*, mais je suppose qu'il aurait été difficile de récolter un compliment pendant notre première nuit là-bas tant ils étaient amoureux l'un de l'autre.

Après le dîner, ils allèrent faire une promenade nocturne sur la plage. Je les imaginais la lune entre leurs mains, les doigts enlacés, triant les œufs verts de tortue, leurs oreilles toutes bourdonnantes de mer, malmenées par le vent, brûlées par le sel, gonflées ; leurs langues muettes se taquinant et attisant leurs corps ; l'océan se ruant sur la plage en pente, saisissant leurs chevilles de ses mille doigts, labourant le sable sous leurs pieds.

Mister Salgado saurait expliquer le flux et le reflux exacts de l'ensemble des galaxies à un moment comme celui-ci : comment le clair de lune influençait la marée, comment la forme même de nos têtes reflétait le ciel, comment toute sensation agréable était à jamais fixée dans les circonvolutions d'un esprit hypothétique. Et comment tout bougeait au gré de la terre, de la terre au tréfonds de nous-mêmes : la seule *terra firma* en nos vies provisoires.

Dans le débarras qui me tenait lieu de chambre, un moustique découvrit mon oreille et s'y retrancha. Chaque fois que je lui cognais dessus, un bourdonnement arrogant s'élevait triomphalement de ma tête endolorie. Je le sentis me percer la peau, mais, selon Mister Salgado, du moment que vous sentiez la piqûre, ce n'était pas la malaria – qui faisait à nouveau ravage – qu'il vous injectait en échange pour son suçon, toutefois, je n'en étais pas très sûr. J'entendis alors Mister Salgado et Nili revenir au bungalow, puis entrer dans leur chambre. Une sandale – un *sereppu* en cuir – tomba sur le béton et fut expédiée d'un coup de pied à l'autre bout de la pièce. On aurait dit que la maison tout entière craquait, battait au vent. Les volets tremblaient. Pareil brouhaha en était trop pour moi. Ne pouvant supporter de rester plus longtemps à l'intérieur, je sortis m'immerger dans le grondement moins confus de l'océan et le laissai, comme les vagues, déferler dans mes oreilles, m'envahir.

Aux premières lueurs du matin, la mer était aussi étale qu'une crêpe de Madras. Aussi plate qu'un *thosai.* Sereine. Comme les deux autres n'allaient sûrement pas se lever avant des éternités, je décidai d'aller marcher le long de la plage. Au loin, sur la baie, les bateaux de pêche arrivaient; vaisseaux minces et sombres, à la silhouette élancée, ils rentraient chez eux.

À chaque pas, le sable humide étreignait mon pied nu, en aspirait la plante. Le ressac marmonnait sous la surface, des petits crabes se précipitaient dans leurs trous ensablés. Au bout d'environ quatre cents mètres, j'arrivai à l'endroit où l'on ramenait les bateaux. Une rangée de grosses pirogues noires attendait sur le sable sec. Un autre bateau arrivait. Trois hommes le hissaient jusqu'à la plage: l'un le poussait hors de l'eau tandis que les deux autres, le dos contre les balanciers arqués de la pirogue, enfonçaient leurs talons dans le sable et mettaient à profit la houle.

« *Ahey, ohoy, apa thenna,*
ahey, ahoy thel dhala... »

À chaque rime, ils tiraient et le bateau avançait de la longueur d'un bras. Le temps que je les rejoigne, le bateau avait dépassé la plage blanche d'écume, il était sur le sable sec. Un homme monta dedans et commença à débarquer la pêche. Un gros poisson à raies bleues atterrit à mes pieds.

« Qu'est-ce que c'est que ça ? » Je n'avais jamais vu un poisson aux couleurs aussi vives.

« Du poisson ! » répondit l'homme en riant. Il était à cheval sur le bateau, son sarong roulé en pagne.

Je lui demandai où il l'avait attrapé.

Il leva le bras et me montra la mer. « Par là-bas. Nous allons jusqu'à l'entrée de la mer. » Au bord du gouffre bleu de Mister Salgado.

« Bonne pêche ?

— Cette nuit, ça n'a pas été formidable par là-bas. On n'en a attrapé que deux ou trois comme celui-là et un crétin de maquereau qui s'était paumé. »

Les deux autres se rapprochèrent. L'un d'eux retira sa casquette verte crasseuse pour se gratter le crâne. « Parfois, si on a de la veine, on attrape un requin ou quelque chose de plus gros. Mais pour ça, il te faut vraiment un moteur Johnson si tu veux aller assez loin, dépasser le récif et être sûr de rentrer à temps.

— Des fois, on part toute la nuit pour rien. C'est pas comme autrefois où ils se précipitaient dans nos mains. »

Je parus étonné. « Rien ?

— Par les temps qui courent, y a pas beaucoup de poissons.

— Pourquoi ?

— À quoi veux-tu t'attendre avec un gouvernement comme celui-là ? » s'esclaffèrent-ils.

La bête rayée de bleu se tortilla puis se retourna mollement, panant ses flancs de sable assaisonné. Je me demandai combien de temps il lui faudrait pour mourir. Avant de la faire cuire, il me faudrait la laver, la vider, l'écailler tout en veillant à lui garder sa couleur. Des raies jaunes floues alternaient avec les bleues. La bouche était un bec dur armé de pinces triangulaires.

« Combien ? » fis-je en la regardant. Je pensai que Nili serait ébahie.

Ils durent s'imaginer que j'étais un vrai *mahathaya* de la ville parce qu'en me voyant sortir l'argent, l'un d'eux me dit qu'il nettoierait le poisson. Je n'avais même pas de porte-monnaie ; juste deux ou trois billets dans ma poche de chemise. Leur méprise ne me déplaisait pas : voilà qui méritait bien de payer un peu plus. Ils jetèrent les boyaux dans la mer, comme en pâture aux vagues.

Je revins sur mes pas maintenant évanouis en me demandant de quelle façon je devrais préparer le poisson. Je n'avais aucune idée du goût qu'il pouvait avoir. Et si la couleur n'était pas un camouflage pour protéger sa chair, mais plutôt une façon de dissimuler son goût épouvantable ? Ma meilleure chance, à mon avis, était de le faire à l'étuvée, en mettant beaucoup de citron vert dans la sauce. Le griller lui ferait perdre ses couleurs féeriques et, par conséquent, sa raison d'être ici. À mon retour, je trouvai Nili assise près d'un arbre, jouant avec ses cheveux, qu'elle soulevait et laissait retomber sur son dos cambré. Elle me sourit, l'air rêveur. « Quel endroit merveilleux, n'est-ce pas ? »

Après le petit-déjeuner j'allai m'asseoir pour contempler la mer. Un bungalow ne nécessite pas beaucoup d'entretien quotidien. Quoi que vous fassiez, le sable s'infiltre partout. C'était donc, en un sens, des vacances pour moi aussi.

Plus tard, Nili vint me regarder préparer le repas; jetant un coup d'œil rapide par-dessus mon épaule, elle aperçut le riz sauté à la poêle. « Hum! que ça sent bon! dit-elle.

— *Temperadu* », expliquai-je. Puis je lui montrai le poisson, tout prêt pour la poissonnière.

« Quelles couleurs extraordinaires! »

Je ne pus m'empêcher de sourire.

« Tu l'as trouvé sur la plage ?

— Je l'ai acheté à des pêcheurs », expliquai-je.

Elle appela Mister Salgado : « Viens voir ce que Triton a trouvé! »

Il arriva. « Quoi ?

— Regarde ce poisson bleu!

— Un poisson-perroquet, dit-il. Disons que ça a un goût qu'on finit par apprécier. Des croqueurs de corail, ceux-là! Si seulement tu venais faire un peu de nage sous-marine, je pourrais t'en montrer. » J'avais le trac, j'étais comme étourdi. « Très joli malgré tout. Je suis sûr que Triton nous en fera quelque chose de bon! »

Toute l'heure suivante et jusqu'à la fin du déjeuner, je me sentis sur des charbons ardents. Pour m'assurer un résultat convenable, il me fallut faire apparaître du *sambol* au chili et amadouer la sauce au citron vert, force invocations à tous les petits dieux experts en l'art de préparer les poissons, tapis dans les gargotes de la Chine du Sud. Par bonheur, cela marcha. Quel que fût le goût du poisson lui-même, la sauce le dissimula. Nili souriait encore à la fin du repas, quant à Mister Salgado, il se rafraîchissait béatement en compagnie d'une bière. Il s'endormit dans un fauteuil et Nili bavarda avec moi un moment.

Elle m'expliqua que la mer semblait trop mauvaise pour aller inspecter les récifs mais qu'elle aimerait assister au retour des pêcheurs le lendemain. Je lui promis de l'emmener. Cette fois, nous n'aurions pas à nous y rendre d'aussi bon matin car les pêcheurs m'avaient parlé du marché de la ville. Elle pourrait faire la grasse matinée si elle le souhaitait, lui dis-je.

Ce matin-là, lorsque nous arrivâmes au marché, le soleil était déjà brûlant. Une moite puanteur de bile, de sang frais et de boyaux de poissons à laquelle s'ajoutait celle de l'eau de mer qui mijotait dans cette chaleur intense vint nous accueillir sur la route poussiéreuse. Je marchais un peu derrière Nili : guide, protecteur, compagnie. « Par ici », dis-je en me penchant pour lui indiquer le chemin. Des vendeurs s'époumonaient à l'intérieur du marché couvert bâti en pierre grise. On y accédait par un passage étroit tapissé d'affiches et de slogans subversifs à la gloire de Ceylan, la Terre du lion. Il débouchait sur une cour intérieure tout en longueur, à ciel ouvert, le long de laquelle des marches accédaient à une galerie romaine. C'était dans l'arène centrale que l'on abattait les plus grosses prises. Nous marchâmes presque sur une raie gigantesque et marbrée que camouflait le sol de béton graveleux et humide. Nili vit ses yeux et me tira pour m'empêcher de glisser dessus. La tête ressemblait à un énorme capuchon de cobra. À l'autre bout de la halle quelqu'un cria « *Mora*! », aussitôt une petite foule se rassembla. Certains avaient à la main des journaux et des ombrelles, d'autres de petits sacs contenant du poisson. Par terre, ça remuait et ça se débattait dans tous les sens ; je vis le corps gris d'un requin des récifs se tordre tandis qu'un poissonnier lui cognait dessus avec un couperet. Du sang giclait. La bête faisait claquer ses nageoires et se convulsait. L'homme s'acharnait avec le couperet brillant, cognant comme avec un marteau. De gros bruits sourds, rapides, ponctués par le bruit plus aigu de la lame faisant jaillir des étincelles du béton par-delà les yeux perçants du requin. Il ne mourut pas avant qu'on lui tranche la tête ; l'homme était là, debout, l'arc effilé des dents de l'animal lui souriant dans la main. Du sang épais, noir, coulait à flots, formant une mare. Quelqu'un jeta un seau d'eau pour laver le caniveau. Je regardai Nili, la main sur son estomac, le visage crispé.

Nous traversâmes la galerie, je lui montrai de la main les poissons soigneusement alignés sur des tréteaux de bois. Leurs yeux ressemblaient à des boutons, leurs bouches béantes étaient figées en un « Oh! » de surprise d'avoir été arrachés à la mer ; secoués de haut-le-cœur, ils se noyaient, perdus sur une lune d'air tiède et leurs panses se révoltaient avant qu'on les lacère pour les vider. « Poisson, crabe ou homard ? lui demandai-je. Que faut-il acheter ? »

En vrac dans des paniers, crabes et poissons attendaient d'être plongés dans l'eau bouillante. Je m'imaginais jadis que ces abrutis maudissaient leurs tueurs tandis que la vapeur faisait crisser leurs articulations blindées, alors qu'en fait ils ne sentent rien et que, s'ils en ont la moindre occasion, ils auront tôt fait de vous casser le doigt. Ils fascinaient Nili. « Ça », dit-elle en montrant les langoustes. J'en achetai trois ligotées par des feuilles de cocotier. Ce devait être la première fois qu'elle se rendait à un marché aux poissons, du moins à un marché aussi barbare que celui-là. Je suppose qu'elle n'avait jamais eu de raison d'y aller.

Tous se ruèrent soudain à l'autre bout de la halle. « Qu'est-ce qui se passe ? demanda Nili.

— Quelqu'un a pris un dauphin, répondit le marchand de crabes.

— Un dauphin ?

— Oui. Ils vont le tuer. Ça rapporte gros. C'est le jour de chance de quelqu'un !

— Partons, dit Nili. Je veux rentrer.

— Ça arrive, il faut bien qu'ils puissent vivre, dis-je.

— En tuant... Elle hocha la tête, songeuse. Pourquoi des dauphins ? Et ensuite ? »

Dehors, un homme remplissait de poissons morts un camion anonyme. Des petits morceaux de corail décoloré délimitaient le parking public.

Peu après, une fois de retour en ville, Nili donna sa démission. Elle expliqua qu'il était temps pour elle de songer à son propre hôtel. Au lieu de donner suite à ce projet, Mister Salgado et elle passaient leur temps dans sa chambre, devenue maintenant leur chambre, à moins qu'ils n'aillent chez des amis, ou en boîte de nuit, ou même au restaurant pour y prendre un repas préparé par d'autres. Le projet côtier si prometteur de Mister Salgado tomba : il aurait dû reporter ses conclusions dans un gros dossier mais, au lieu de les analyser et de les rédiger, il faisait traîner les choses. À l'occasion, il demandait à Wijetunga de lui fournir d'autres éléments dont il n'étudiait jamais les résultats. Parfois, il rentrait à la maison avec un paquet de journaux et s'enfermait dans son bureau. Au bout d'un moment, il allait faire un tour pour « s'aérer », apercevait Nili sur la véranda et oubliait de rentrer. Elle révéla l'homme du monde latent en lui et voila d'un linceul l'homme de science. Ce n'était pas délibéré de sa part : il s'agissait plutôt d'un désir présent en lui.

Pendant ce temps, tout le pays commença à s'intéresser aux mers intérieures tandis que les hommes politiques invoquaient les façons de voir fallacieuses des rois de jadis. Nos ingénieurs, formés à Londres et en Nouvelle-Angleterre, découvrirent soudain de gros avantages à faire revivre le vieil art de l'irrigation. Quant à Mister Salgado, il laissait leurs combines s'évanouir : pour le moment, il était bien loin de tout ça.

Parfois le soir, quand je servais mon dîner fait maison, ils citaient le Blue Lagoon ou le Pink Barracuda, disant qu'il fallait qu'ils y aillent, ou mentionnant d'y retrouver untel ou untel, là ou ailleurs. J'entendis parler de crabe rôti au cours de ces conversations. Nili avait adoré la panure recouvrant une farce de chair de crabe et de fromage, spécialité d'un chef nouvelle cuisine formé à l'école hôtelière récemment ouverte. J'avais peine à croire que ce n'était pas plus difficile que ça : je voulais demander d'autres détails quand j'entendis Mister Salgado déclarer : « Triton est capable d'en faire.

— Il ne saura pas faire ça… »

Je n'en crus pas mes oreilles : je pensais avoir suffisamment démontré la diversité de mes dons, l'étendue de mon talent, pour qu'elle me fasse un peu confiance. Hélas, elle paraissait tellement persuadée que le crabe rôti dépassait mes capacités que je désespérais de jamais pouvoir faire mes preuves. Je n'arrivais pas à comprendre. J'aurais voulu oublier tout ce que j'avais fait et repartir de zéro. J'aurais voulu en savoir plus long sur les gens, sur les femmes de son genre.

« Faire rôtir le crabe ? demandai-je.

— Juste la carcasse. Mister Salgado la regarda. La coquille est farcie avec la chair des pinces et des pattes. Il faut tout retirer, tout mélanger puis le farcir.

— Le farcir ? »

De sa main Nili fit un entonnoir, glissant l'autre main dans le goulot. « Oui, le farcir, Triton. Avec de l'oignon, du persil et du cheddar, vois-tu. Le farcir.

— Avec la chair ? » dis-je, imaginant déjà une demi-cuillerée à café de poivre noir, une pincée de cannelle et de la coriandre fraîchement hachée. Du citron et quelques gouttes de ce cognac que le professeur Dunstable avait offert à Mister Salgado pour Noël le rendraient exceptionnel et, j'en étais sûr, meilleur que ce qu'on avait pu lui servir dans un de ces restaurants d'hôtel collet monté. « Oui, j'y arriverai. Sans problème. Demain ? » Au cœur même de la farce je glisserais une tranche de poivron vert épépiné et trempé dans de l'huile de noix de coco vierge.

Elle me regarda et sourit. « Non, pas demain, Triton. Demain, nous avons une soirée. Nous serons absents. »

Je haussai les épaules. « Dès que vous le voudrez. Vous n'aurez qu'à me le dire. »

Ils se rendaient à tant de soirées que je ne les comptais plus. Mais celle-là s'avéra quelque chose de plus important : l'inauguration de l'ère du Plan Mahaweli. Un pas de géant dans l'irrigation des terres, un pas comme on n'en avait pas fait depuis un millénaire. Il s'agissait de détourner le cours du plus gros fleuve du pays. Le lendemain, tous deux parurent passer tout leur après-midi à préparer la soirée.

« Tout le monde y sera ! » lui dit-il. C'était la plus grande soirée depuis que le gouvernement avait restreint les réceptions à deux cents invités, notre mesure d'austérité la plus significative.

« Je sais. Ce ministre dont on parle tant est l'invité d'honneur, n'est-ce pas ? C'est pour ça qu'il y a autant d'invités. Que dois-je mettre ? Que veux-tu que je porte ?

— Je n'en sais rien. » Il avait l'air préoccupé. À mon avis, il n'attendait pas cette soirée avec grande impatience.

« Cette soie de Bénarès ? La violette ? » Mais le violet ne lui allait pas, j'aurais pu le lui dire. Quant à la soie indienne, les rares fois où je l'avais vue la porter, elle la faisait ressembler à un rouleau de soie de Pettah. C'était trop imposant pour sa frêle silhouette.

Il ne répondit rien.

« Es-tu sûr que je suis invitée ?

— Oui, ma chérie, oui.

— Qu'ont-ils dit ?

— Ils ont dit que tu étais invitée.

— Moi ? Tu es sûr ? Ou est-ce pour *épouses* ? »

Il baissa le nez, contempla ses chaussures. La gauche se fendillait à la couture de la semelle. « Ils m'ont dit de t'amener…

— Tu te dis que ça ne fera pas bon effet. Encore une preuve de ta dépravation ? Je ne suis pas une nana avec pedigree, n'est-ce pas ? Pas assez bien, si l'on y réfléchit… N'apprécieront-ils pas un peu de classe ?

— Écoute, je veux que tu m'accompagnes. Mets ce que tu voudras. Le violet est très bien. Ou cette autre chose… Porte ce que… Il faut que j'aille acheter une paire de chaussures. »

Une fois qu'il fut parti faire les magasins, je me mis au repassage. Il me fallut tout défroisser, et il lui fallut tout essayer devant le grand miroir de la chambre que j'entendais parfois gémir tandis que Nili le faisait pivoter sur son axe en bois. Il recevait la lumière du dehors, et en l'ajustant convenablement Nili pouvait voir comment tombaient ses vêtements. À partir de cinq heures de l'après-midi, je déposais toutes les cinq ou dix minutes sur la table du couloir, à côté de sa porte, des vêtements repassés. Elle devait être en nage à force de se changer. L'après-midi, il faisait chaud dans sa chambre car le soleil y donnait à plein. Les fenêtres pouvaient saisir la douce brise qui courait au-dehors, mais elle les avait fermées pour empêcher les nouveaux rideaux en batik de s'envoler et de révéler son corps à ces voyeurs de moineaux ou à ces petits louchons de mainates.

Je finis par frapper à sa porte pour lui proposer une tasse de thé.

« Oui », siffla-t-elle, se débattant derrière la porte dans un autre vêtement étroit, qui lui collait à la peau.

Un peu plus tard, quand je lui apportai son thé, elle m'ouvrit la porte. Elle avait mis la robe de chambre de Mister Salgado. Son visage luisait, on aurait dit qu'elle ne s'était pas essuyée en sortant du bain, pourtant ni la baignoire ni la douche n'avaient servi. Elle était légèrement essoufflée, son nez était enflé à force de respirer de l'air chaud. Elle me sourit, dilatant encore davantage ses narines. La vapeur montait en elle puis ressortait, somptueuse, en grosses gouttes pesantes. « Juste ce qu'il me fallait », dit-elle en prenant la tasse. Derrière elle, j'entrevis des petits tas de vêtements colorés par toute la pièce. Le lit et la chaise étaient festonnés de soie. De la dentelle noire pointait contre le revers de la robe de chambre. Elle sentait bon, elle sentait le fruit mûr.

« Dois-je apporter autre chose ? » demandai-je.

Elle rit. « Non, je prends ma tasse de thé et je suis prête. C'est tellement ridicule tout ça ! »

Mister Salgado revint un peu plus tard avec ses chaussures neuves enveloppées dans du papier journal. Il alla la retrouver dans la salle de bains et en ressortit au bout d'un moment en fronçant les sourcils. Il me demanda de préparer ses affaires dans l'autre pièce, celle qui lui servait de vestiaire.

Ce soir-là, lorsqu'ils finirent par s'en aller, ils donnaient l'impression d'un couple éblouissant : Nili en bleu turquoise, toutes pendeloques frémissantes, Mister Salgado en tunique gris pâle nationaliste sur son pantalon sombre, étrennant ses chaussures noires.

En entendant la voiture de Mister Salgado descendre en gargouillant l'allée non éclairée, j'eus l'impression intime que tout dérivait, inéluctablement, vers un autre monde.

Ils n'avaient pas dit où avait lieu la soirée, mais j'imaginais Mister Salgado et Nili sur une terrasse face à la mer, en train de danser le cha-cha-cha ou de se déhancher dans un furieux *kakul-kakul.* J'imaginais l'orchestre en train de jouer tout comme sur nos vieux disques. Un chien brun et blanc assis près du podium examinant une trompe de cuivre. Les vagues déferlant sur la plage, brassant le sable de corail de Mister Salgado. Leurs pieds traçant des dessins compliqués sur les dalles toutes lisses. Des lampions suspendus entre les cocotiers scintillaient comme des étoiles, les serveurs proposaient des queues de homard, des *vadai* de crevettes ou des œufs à la diable sur des plateaux d'argent gros comme la lune. Je me demandais où j'en serais si j'étais allé faire mes premières armes dans un restaurant, ou si j'étais allé à l'école hôtelière comme il l'avait un jour suggéré. Si j'étais au cœur de l'événement et non pas toujours contraint d'imaginer. Il semblait y avoir davantage d'avenir dans un établissement, me disais-je, innocent que j'étais, que chez des particuliers ; mais il faut savoir prendre les choses comme elles viennent. Peut-être, après tout, valait-il mieux pouvoir s'asseoir sur les marches de notre perron à imaginer le *vadai* de crevettes que je ferais flamber pour ces dames aux lèvres brun rouge que de me faire transpercer les pieds par leurs talons aiguilles, me faire commander et tourner en bourrique toute la nuit sans même avoir le temps de me demander ce que je fichais là. Il est déjà assez difficile de penser, où que l'on soit. Le jardin était plein d'ombres, les fichus cabots du numéro dix aboyaient. Et si Nili dirigeait un restaurant et que j'étais en charge des cuisines… ?

Il était plus de minuit quand ils finirent par rentrer. Elle était au volant. L'Alfa bleue vint s'arrêter devant le porche. Nili éteignit les phares, puis le moteur. Elle sortit la première, fit le tour de la voiture et lui ouvrit la portière.

« Viens, nous sommes à la maison.

— Tu as conduit ? » Il avait l'air endormi et surpris.

« Qu'est-ce que tu crois ?

— Qu'est-il arrivé au chauffeur ?

— *Ça fait combien de temps que ça dure…* ? » chantonna-t-elle doucement.

« C'est une chance que nous n'ayons pas de chauffeur, tu sais. » Il agita un grand doigt tout raide dans sa direction. « Tu sais ce qui est arrivé à Bala ?

— Allons, viens…

— Bala a voulu monter dans sa voiture et ce gars, ce foutu chauffeur, a tiré un couteau. Pourquoi ? Il l'a blessé. Il visait la gorge. Une sacrée bagarre. Pourquoi est-ce que ce mec a attaqué Bala ?

— Je n'en sais rien, allons, viens. » Elle le tira par le bras et faillit presque tomber. « Allons, viens, tu m'as dit que tu voulais faire l'amour, n'est-ce pas ? »

Il s'extirpa maladroitement de la voiture et s'avança en titubant, cramponné à elle. Je ne sortis pas, même si tous deux paraissaient peu stables. Je restai dans l'ombre. « Bala s'est laissé pousser la barbe : l'idée de se raser le terrifie. Il ressemble à ce grand salopard de Che Guevara. » Ils parvinrent jusqu'à la chambre. « Wijetunga, ce gars qui est sur la plage, il s'en est laissé pousser une lui aussi, tu l'as vue ? De foutues barbes, on voit plus que ça. » Je l'entendis s'effondrer tandis que Miss Nili jurait doucement. Un peu plus tard, elle passa la tête. « Missy ?

— Apporte-moi un peu d'eau, Triton. »

Je lui apportai un verre d'eau froide, filtrée. Quand je revins à la cuisine, je l'entendis mettre un disque au salon. La musique palpitait à travers la maison. Sitôt l'air terminé, quelqu'un éteignit une lampe dans la maison voisine. Le jardin s'assombrit, la musique se fit plus passionnée. Je voulus voir ce qui se passait.

Je pris deux serviettes de toilette jaunes dans l'armoire à linge et j'entrai. Un bruit sec de l'électrophone annonça un autre disque. Une chanson où il était question d'un grand lit dont les montants étaient en cuivre. Je jetai un coup d'œil dans la chambre. Mister Salgado ronflait paisiblement sur le lit. Il avait retiré sa tunique et défait son pantalon, mais il avait gardé ses chaussures dont les lacets pendaient. La lampe de chevet était allumée. Pas de Miss Nili à l'horizon. Je me dirigeai vers la salle de bains dont j'ouvris délicatement la porte. Debout à côté de la baignoire, une jambe en l'air, le pied sur le bord de la baignoire, elle se tamponnait avec un gant de toilette rose. Ses vêtements étaient empilés sur une chaise. Elle était complètement nue. Elle tourna la tête et ramena ses cheveux derrière son oreille. Je pus voir ses tétons, ses seins ressemblaient à de discrètes auréoles. Je voyais ses côtes, son petit ventre rond. Des fossettes. Elle leva la tête et je sentis que c'en était trop pour moi. Je laissai tomber les serviettes sur la corbeille en osier près de la porte et me précipitai dans ma chambre.

J'avais mal à la poitrine : elle n'avait rien dit. Elle avait dû me voir debout là à la regarder et pourtant elle n'avait rien dit. Le sang me bourdonnait dans les oreilles, m'assourdissant.

J'attendis dans ma chambre. J'ignore les éventualités que j'envisageai, mais c'était la seule chose à faire. À plusieurs reprises, j'entendis du bruit, comme si quelqu'un arrivait. Mais au bout d'un moment, je fus incapable de dire ce qui se passait. J'essayai, mais en vain, de retracer dans mon esprit chacun de mes pas. Et pourtant je pouvais voir son corps nu. Distinctement. Comme s'il était à côté de moi. Tout près. De plus en plus près.

Un matin, Robert, un de nos invités de Noël, arriva en taxi accompagné d'une autre femme. Il était en short et portait des lunettes de soleil.

Je lui ouvris le portail. Il demanda à voir Mister Salgado. Je lui répondis que celui-ci était allé faire de l'exercice au bord de l'océan. « Très bien, nous attendrons », dit Robert avec un grand sourire poli. Je les fis asseoir devant la baie vitrée, la femme se mit alors à lui expliquer quelque chose. Il remuait mécaniquement la tête comme l'oiseau qui regarde autour de lui, examinant un monde nouveau. Miss Nili, qui n'était pas encore habillée, les entendit et m'appela. Elle me demanda qui était là. Je lui répondis que c'était le monsieur américain qui était venu à Noël, ajoutant qu'il ressemblait à un acteur de cinéma.

« Un acteur américain ? »

Je fis signe que oui. « Et il est accompagné d'une dame que je n'ai jamais vue.

— C'est vrai ? » Elle sortit, vêtue seulement de son kimono noir et blanc, ses jambes rasées de frais toutes luisantes. « Missy », dis-je, mais elle ne fit pas attention.

« Bonjour », leur dit-elle, sa silhouette se découpant dans l'embrasure de la porte.

La femme leva la tête et lui adressa un sourire nerveux. Robert se leva de sa chaise d'un bond. « Bonjour, dit-il. Nous espérions voir Ranjan.

— Pourquoi ? Il ne vous attendait pas.

— Et moi, je ne vous attendais pas *vous*!

— Si je comprends bien, c'est à lui seul que vous voulez parler…

— Une histoire de recherche, c'est tout. Si j'avais su que vous étiez ici…

— Sur quoi porte cette recherche ? »

Robert fit un grand sourire et de la tête montra sa compagne. « Sujie aimerait beaucoup le rencontrer. Je lui ai dit que c'était lui l'expert pour la côte sud. L'autorité.

— Et alors ? » Miss Nili se recroquevilla sur elle-même, dorlotant ses épaules rondes dans la paume de ses mains.

« Sujie est journaliste. Elle veut faire un article. »

La femme hocha la tête sans lâcher Miss Nili du regard.

« Asseyez-vous, dit-elle en haussant les épaules. Asseyez-vous, asseyez-vous. Triton va nous apporter du thé.

— Auriez-vous du jus de citron vert ? Ou une bière ? Quelque chose de frais serait bien agréable… » Robert se rassit dans le fauteuil. Ses jambes avaient de gros mollets maladroits qui ressemblaient à des serpents aplatis lovés sous sa peau, on aurait dit que ses orteils avaient été rabougris par le béton des rues : la chair formait un bourrelet autour d'ongles minuscules. Il était assis les pieds pointant vers le sol.

Il ne me restait qu'un citron vert à la cuisine. Par chance, il y avait une bouteille de limonade entamée au fond du réfrigérateur. Mister Salgado l'avait ouverte pour préparer un cocktail aux agrumes dont il venait de lire la recette. La limonade ne pétillait plus mais elle était fraîche. Je mis des glaçons dans le verre et l'apportai avec du thé pour les deux autres. Assise avec eux, Miss Nili écoutait Robert parler à jet continu de la vie de village et des prochaines élections générales.

Je posai son verre glacé sur la table à côté de lui. Il ne me regarda pas, occupé qu'il était par l'histoire dont il abreuvait Miss Nili. Elle ne l'écoutait qu'à moitié, étudiant l'autre femme, la journaliste qui semblait éperdue d'admiration pour mon thé du pays soigneusement infusé, expédié de l'usine par le cousin de Mister Salgado. Elle regardait la tasse comme si elle n'avait jamais vu de thé. Ses cheveux soyeux, noirs et raides, ombraient son front et semblaient retomber sur ses yeux de chien tout brillants, mais elle ne les chassait pas en arrière. Sa tête sombrait dans ses épaules potelées et elle serrait sa tasse des deux mains. Sans doute était-ce ainsi qu'un vrai reporter en venait au cœur de l'histoire. Je remarquai qu'elle avait bien un cahier, un cahier d'écolière bleu, en rouleau dans son sac, auquel était accroché un stylo-bille jaune. Qu'y notait-elle ? Quand ? Et comment cela devenait-il des *infos* ?

« Vous êtes reporter ? » lui demanda Miss Nili quand Robert fit une pause pour respirer un peu.

La femme releva la tête, l'air étonné. « Oui, ou plutôt non, je suis journaliste. Maintenant j'écris des articles de fond. » Elle donna le nom d'un magazine hebdomadaire. Les coins de la bouche de Nili se contractèrent comme si elle voulait sourire. Elle la regarda un long moment.

Robert agita ses glaçons et dit : « Ça c'est une belle maison ! Très sympathique.

— Quel sujet vous intéresse ? »

Elle reparlait à la femme, ignorant Robert.

« À vrai dire, je n'en suis pas très sûre, mais Robert qui est ici prétend qu'il serait bon que je rencontre des gens qui connaissent bien la région côtière et on nous a conseillé d'en parler à Ranjan Salgado, c'est pourquoi nous sommes là. En fait, je suis entre les mains de Robert, vous savez. » Elle regarda Robert d'un air suppliant, mais celui-ci avait fermé les yeux. Il avait la tête en arrière. On voyait deux petites tonsures dans sa barbe, sur la gorge, comme s'il avait été mordu.

« Je vois. »

Il ouvrit les yeux et les plongea dans ceux de Nili. « Vous savez, il se passe par ici des tas de choses auxquelles personne ne comprend rien ou presque. J'estime qu'il y a beaucoup à apprendre en observant le comportement des habitants de ce pays extraordinaire et, à mon avis, profondément *érotique…* » Il fit encore un large sourire.

« Et c'est ce que vous êtes venu faire ?

— Bien sûr.

— Comme c'est aimable à vous.

— Je veux dire, vous avez vu ces danses tout au long de la côte ? Fantastique. Pas la moindre inhibition. Vraiment sauvages. »

C'est alors que Mister Salgado klaxonna au portail. Je descendis lui ouvrir. « Il y a du monde, monsieur, dis-je. Ce Robert-*Mahathaya* et une dame des journaux sont venus vous voir.

— Qui ça ? » Il me regarda l'air méfiant.

« Ils veulent vous parler, monsieur. Ça a à voir avec la mer. »

Il gara doucement sa voiture sous le portique. Robert se leva d'un bond en entendant Mister Salgado gravir les marches. « Une belle bagnole », remarqua-t-il. La tasse de sa compagne frémit sur sa soucoupe, éclaboussant un peu de thé. « Pardon, pardon », murmura-t-elle à la tasse.

Mister Salgado lança un regard désapprobateur à Nili en kimono, celle-ci tira sur les revers de la robe de chambre en disant : « Robert a amené cette amie qui veut te parler. »

La dame journaliste tendit la main. « Ravie de vous rencontrer, j'ai tellement entendu parler de vous.

— Oh ! Vraiment ?

— Oui, nous voulions vous parler de la côte sud. Savoir ce que vous en pensez. Ce serait formidable d'avoir votre point de vue en tant qu'expert, ça nous serait aussi d'un grand secours…

— Que voulez-vous savoir au juste ? »

Elle chassa ses cheveux en arrière et se tourna vers Robert. « Pour résumer cela en un mot, quelles sont, à votre avis, les répercussions de cette érosion maritime sur le mode de vie des villages côtiers ? »

Robert se pencha. « Vous êtes bien d'accord que la mer gagne du terrain, n'est-ce pas ? »

Miss Nili se leva : « Je vous laisse à votre mer érotique », dit-elle en s'esquivant à l'intérieur.

Mister Salgado la regarda disparaître. Elle était nu-pieds. « Comment ? »

Robert la suivit des yeux lui aussi. « L'érosion, l'érosion maritime, enchaîna-t-il rapidement. Vous disiez que la mer va réduire la taille des plages de la côte sud. Nous aimerions savoir si c'est déjà le cas. Dans quelle proportion ? Cela a-t-il déjà changé le mode de vie des villages ? »

Mister Salgado fronçait les sourcils. Quelque chose dans son crâne semblait aspirer son visage à l'intérieur, on le sentait complètement absorbé. Les deux autres s'assirent et attendirent. Au bout d'un moment, il soupira. « Écoutez, nous sommes en train de travailler à un projet très simple. Mes camarades ont écrit des articles à ce sujet ; l'équilibre de l'eau et les effets des excréments humains sur la vie des polypes. Vous devriez lire ça. Nous n'avons étudié aucun village ni aucune population au microscope.

Je suis persuadé que leur mode de vie a changé. Quant à savoir si c'est parce que le niveau de la mer augmente. Ou parce qu'Armstrong a mis le pied sur la lune. Ou parce qu'au Brésil un type a inventé le sac en plastique idéal, ou encore parce qu'une poignée de révolutionnaires à la solde de Lumumba s'intéresse au prix du poisson. Je n'en ai pas la moindre idée. Et vous, qu'est-ce qui a changé votre vie ? Les taches solaires ? » Il regarda Robert.

« O.K… O.K… Des tas de choses. Ouais, je comprends, beaucoup de choses changent, mais nous avions pensé que vous pourriez sans doute isoler un facteur, sait-on jamais ?

— Vous n'avez qu'à aller au ministère. Ces gars là-bas racontent qu'ils savent tout. Eux, ils peuvent vous aider. Pas moi. Pas nous. » Mister Salgado était agacé. Cela le rendait inabordable. J'avais appris depuis belle lurette qu'il fallait le laisser quand il était agacé ou de mauvaise humeur. Il n'y avait pas moyen de savoir ce qu'il lui arrivait. Sa mauvaise humeur finissait par passer. Il s'en sortait péniblement. Puis après un bon repas et une bière, la vie reprenait comme avant. Mais ça prend du temps, des années pour savoir comment les gens font face à leurs difficultés, comment ils affrontent les changements qui surviennent, qui surviennent toujours autour d'eux.

Aux yeux du petit cercle d'amis de Miss Nili, Mister Salgado et elle étaient l'audacieux exemple du couple vraiment moderne : amoureux, indépendant et sans souci. Ils étaient *cool*. Plus hédonistes que le dernier film de Zeffirelli, *Roméo et Juliette*. Un contraste attendrissant avec le découragement d'une nation confrontée aux dilemmes posés par un développement peu rentable. Au lieu d'une famille élargie, nous nous retrouvâmes avec tout un réseau d'admirateurs, d'envieux et de parasites. Ils raffolaient de ma cuisine. Si je cuisinais pour deux au départ, je dus bien vite le faire pour une demi-douzaine. Ils défilaient, amateurs de nos repas et curieux de voir combien de temps durerait l'idylle. Aucun d'eux, ni Danton Chidambaram, l'avocat, ni Vina qui avait ouvert un magasin de batik, ni Adonis, son copain à la moto fluo, ni Sarina qui voulait être mannequin, ni Jay, ni Gomes, ni Susil Gunawardene ne donnaient jamais quoi que ce soit en retour. Pas un, à l'exception de ce cher Dias, n'aurait donné sa vie de plein gré, pas un n'aurait offert quoi que ce soit. Ils débarquaient sans arrêt à trois ou quatre et en fin de semaine – *poya* ou non –, c'était l'invasion. Mister Salgado les laissait venir, il apprit à les accueillir – les copains de Nili –, avec une bière fraîche et un sourire indulgent. Il apprit à apprécier leur adulation injustifiée, même si toutes ces mondanités semblaient réduire à presque rien le temps qu'il passait avec Nili. Et voici qu'en avril de cette année-là, Palitha Aluthgoda trouva la mort.

Palitha Aluthgoda dirigeait l'une des plus grosses compagnies privées de l'île. Il possédait une grande maison près du cimetière. Je ne l'avais jamais vu, mais tout le monde en avait entendu parler. Palitha Aluthgoda avait connu une vie fabuleuse. Originaire de Nugegoda, il avait débuté dans la vie comme simple mécanicien dans un garage situé à deux pas du service ophtalmologique de l'hôpital. Mais c'était un malin. Il magouilla dans les transports, puis, grâce à un oncle membre du parti au pouvoir, il démarra une affaire d'import-export qui s'avéra rentable et il ramassa du fric à la pelle. Il devint le millionnaire le plus extravagant du pays. Il avait tout à une époque où la plupart des gens n'avaient rien. Et voici que par une belle journée ensoleillée, il arrêta sa Mercedes blanche près du pont de Dehiwela et il fit signe à un marchand de glaces ambulant d'apporter un *palam* glacé pour sa chérie du moment, l'homme sortit son pistolet et le liquida. Deux balles de neuf millimètres lui crevèrent les yeux, son visage explosa. Autour de lui tout le monde hurlait, le sol était jonché de *palams* glacés et d'esquimaux fondant au soleil. Le tueur s'enfuit sur son vélo. La nouvelle eut tôt fait de se répandre. Qui aurait pu croire à une chose pareille ? C'était le bon vieux temps... Pour tous ce fut un choc. Sa mort fut un véritable événement : elle fit la une de tous les journaux. Le récit du meurtre assaisonné de rumeurs de garçonnières, de jalousie, de complots communistes, de nécromancie, de dividendes mal en point et d'une mystérieuse justice cosmique eut tôt fait de se propager dans le pays et ses échos vinrent bourdonner parmi les habitués de la maison.

Dias s'amena avec quelques histoires roulées bien serré dans son journal. « Et moi, je dis vous savez quoi, *men*, vous avez entendu la nouvelle ? Aluthgoda abattu ! Deux balles dans le crâne !

— Quoi ? Comment ?

— Ça lui pendait au nez. Vous ne pouvez pas arnaquer les gens comme ça sans vous faire avoir un jour au tournant ! » La moustache de Danton Chidambaram frémissait de délices face à l'élégance de sa propre analyse.

Toutefois Jay, un homme jeune atteint de calvitie précoce, qui se plaisait à parler de la fraternité entre hommes, exprima son désaccord. « Ça n'avait rien à voir avec tout l'argent qu'il se faisait, *men*, je vais vous le dire, moi, ce que c'était : c'était son style de vie ostentatoire. À claquer du fric sans se soucier du lendemain, comme si tout le monde s'en foutait. Vous voyez, à mener un train de vie de grand seigneur, alors que nous on doit se serrer la ceinture...

— Consommation exhibitionniste», murmura quelqu'un.

Vina leva au ciel ses yeux ombrés de bleu. «Je savais bien qu'il se ferait buter un jour ou l'autre. Une balle le guettait depuis le jour de sa naissance, celui-là! Toutes les fois où sa garce de femme est venue à la boutique sans rien acheter! Toujours des oh! et des ah! Elle faisait tout déballer mais à la fin ils trouvaient toujours une excuse, c'était la couleur ou autre chose qui n'allait pas... Je ne sais ni où ni comment ces histoires de vie de flambeur ont commencé, mais moi je peux vous garantir qu'ils n'ont jamais dépensé un sou dans ma boutique!

— Mais se faire descendre comme ça ? D'un coup de fusil ? Un Sten, non ? En plein jour ? Comment est-ce que cela peut arriver ? Qu'est-ce qui se passe, nom d'une pipe!» Gomes était un gars de Radio Ceylan éternellement ahuri par ce qui se passait autour de lui. Il ne savait parler que sur un ton d'incrédulité haut perché.

Jay secoua la tête, l'air dégoûté. « *Chi*! Ce pays finira comme une de ces foutues républiques bananières!

— Non, non, non et non, glouglouta Dias. Après tout, que penser de Bandaranaike, le Premier ministre ? Disons que son assassinat à *lui* a été une véritable première. Nulle part au monde il ne s'était passé quelque chose de semblable. Nous avons eu nous aussi un véritable assassinat. Avant même celui de Kennedy. D'accord, ça faisait mauvais effet de tuer le Premier ministre comme ça mais il faut rendre justice à nos concitoyens, ils savent s'y prendre. Nous ne sommes pas si en retard que ça. Où donc verriez-vous un fichu moine en train de faire ça ? Vous pourriez croire que c'est un stratagème plus fréquemment utilisé, après tout. Un habit de moine, un *hamudurova*, le déguisement idéal. Dans un *hamudurova* vous pouvez même dissimuler un bazooka et rester planqué là, sans qu'on en sache rien. Tout le monde se prosternera devant vous en pensant que vous êtes en train de contempler le nirvana. Tout ce que vous avez à faire, c'est de rester immobile à regarder une feuille de plantain ou ce que vous voudrez, avec une figure longue comme ça.

— Il suffit de tenir le canon vers le bas, hé! » Adonis se leva pour montrer comment s'y prendre, agitant le bras entre ses cuisses.

« *Chi*, Adonis, arrête! » Vina lui donna une tape sur l'arrière-train.

« N'importe quoi! poursuivit Dias. Vous attendez juste le bon moment. Personne ne viendra vous embêter. Il suffit de vous raser le crâne, et… hop, vous allez… où vous voulez. Même de nos jours.

— Mais pourquoi ? Oui, pourquoi Aluthgoda a reçu ça dans le cou ? intervint Gomes.

— J'ai dit que c'était dans la figure, *men*.

— Mais pourquoi ?

— C'est bien ce que tout le monde se demande.

— Il possédait un empire, non ? Tu crois qu'il envisageait de racheter la société qui fabrique les crèmes glacées ? »

Dias déroula son journal. « Chacun a sa théorie… »

Nili était la seule à rester calme. « Sa façon de vivre lui a valu une très mauvaise réputation. C'était une véritable honte. Ce pays mérite mieux que ça. Des hommes décents, pas ces escrocs… »

Sarina, qui aimait copier Nili, approuva de la tête. « Il fallait bien que ça arrive. C'est exactement ce qui se passe quand les déshérités voient que les nantis en ont tant. »

En parlant, elle regardait l'Adonis de Vina. Il s'était rassis et avait pris la main de Vina dont il suçait lentement les doigts.

« Si vous avez raison, si c'est bien le fait de gagner du fric qui a déclenché tout ça, la mort du capitalisme, alors j'aurais pensé que son associé, ce Mahendran, aurait dû être le premier. À en croire les étudiants, la cinquième colonne est faite d'Indiens comme lui. Jay enchaîna de sa voix monotone de maître d'école. Le business d'abord, les drapeaux ensuite… Somme toute, le contraire de la méthode alexandrine pour bâtir un empire. La manière asiatique… Pas vrai ?

— Anglo-asiatique !

— Vous y croyez donc, vous, à tout cet expansionnisme indien ?

— Pourquoi pas ? Le crâne luisant de Jay s'inclina. Mais que pensez-vous de leurs naxalites ?

— De leurs naxa-quoi, *men* ? Vous n'avez qu'à regarder les chiffres. La démographie est ce qui va mener la politique. Comme toujours… Des centaines de millions qui s'évaporent. On se croirait en Chine, non ? »

Mister Salgado parla, l'air très sombre. Il se fit l'écho des sentiments de Nili. « Tout ce que je sais c'est que c'est une sale affaire. Ce genre de chose fait très mauvais effet. »

Le bavardage s'arrêta un moment. L'air tiède rapporta en grommelant le bruit lointain d'un train, ponctué de celui de la mer et du vent dans les arbres.

Quelques semaines plus tard, personne ne pensait plus au gros bonhomme ni à sa mort. En dépit des efforts de Palitha Aluthgoda pour devenir célèbre, le seul souvenir que l'on garda de lui fut la façon dont il était mort. L'œuvre de son assassin – un guérillero inconnu – devint son exploit le plus mémorable.

« Allons dîner en ville, dit Miss Nili. Tu sais, cet endroit près du parc, allons-y.

— Mais nous sommes sortis hier soir !

— Et alors ?

— Triton nous trouvera des crabes. Ou des crevettes. Si l'on demandait à Dias et Tippy de se joindre à nous ?

— Ils me fatiguent. La seule chose dont ils soient capables de parler, c'est des courses ou de leurs parties de poker.

— Pas Dias. C'est un chic type.

— J'aime bien Dias, mais ce Tippy... Je me demande vraiment ce que tu lui trouves. Il a mauvaise influence sur vous tous. » Mister Salgado se mit à rire. Tippy était un ami personnel. Il venait de rentrer d'Amérique avec une bedaine et un penchant très marqué pour les cartes – surtout le poker, jeu auquel, à l'époque, personne ne savait jouer. Il avait organisé un petit groupe d'amis auxquels il avait appris à y jouer. Il leur racontait des histoires de Las Vegas et de machines à sous et de tout ce fric qui ne tenait qu'à un peu de chance, des fantasmes auxquels nul ne saurait résister. Après quelques bières, leurs mises de trois sous se transformaient en roupies embrumées, mais à la fin du week-end, Tippy s'en repartait toujours avec l'argent.

« Comment diable fait-il ça ? » demandaient ses amis.

Dias était son grand supporter. « Il tient ça des maestros d'Amérique, *men*. Des États-Unis. »

Pour Nili, Tippy n'était qu'un vulgaire tricheur. Elle n'appréciait pas sa façon de flirter avec elle. Il se prenait pour un grand séducteur et son séjour en Amérique lui avait donné un certain magnétisme mais, à en croire Nili, tout ce qu'il y avait gagné c'était une idée exagérée de sa propre importance. En fait de bedaine, disons qu'il était plutôt plein de lui-même.

« Il s'y connaît en céréales, dit Mister Salgado. Il a étudié dans l'Ohio.

— La cuisine, il s'y connaît, c'est sûr...

— Mais pour un pays comme le nôtre, c'est un expert. Il nous faut des gars comme lui. Nous devons subvenir à nos propres besoins alimentaires, sinon comment pourrons-nous survivre ? Tippy est très respecté. Au ministère de l'Agriculture on veut lui confier de grosses responsabilités.

— Du baratin tout ça. Nili fit la moue. Du vent et du baratin. Il s'imagine que les femmes n'ont qu'une envie : lui sauter sur la panse ! »

Mister Salgado partit d'un éclat de rire. « Tu sais pourquoi on l'appelle Tippy ? » Elle prit à nouveau l'air sinistre. « Danton prétend que c'est parce que la peau de son prépuce n'arrive pas tout à fait au bout de son…

— Ce Danton ne vaut pas mieux que lui. Qu'est-ce qu'il en sait ?

— Ils ont fait leurs études ensemble. Mister Salgado se remit à rire. Bref, je lui dois une autre partie de poker…

— Et alors ?

— Je me suis dit qu'on pourrait faire ça ici, un petit dîner. Triton peut nous préparer un curry de crabe. »

Elle ronchonna : « Pour eux ? Pas question ! Je refuse de gâcher du bon crabe pour ces gens-là, et d'ailleurs, je n'ai pas la moindre envie de passer toute la journée et toute la nuit à tes côtés à jouer au poker et à boire. Je veux sortir.

— Mais c'est un poker comme d'habitude !

— Comme d'habitude, c'est bien ça ! C'est gaspiller son temps ! Elle secoua la tête. Alors que tu pourrais être en train de faire quelque chose.

— Comment ? Je suis en train de faire quelque chose. Je passe mon temps à faire quelque chose, mais j'ai besoin de davantage de données avant de poursuivre mon rapport. En attendant, si on jouait aux cartes au lieu de passer la soirée à bavasser avec ta bande de copains ? Je ne me plains pas d'eux, n'est-ce pas ? Après tout, même ton ami Gomes y joue… Une partie de cartes n'a jamais fait de mal à personne! » Il la regarda, dérouté. « Jouer aux cartes fait partie de la vie normale. Les gens y jouent depuis des siècles. » Il croisa les bras. « En fait, vois-tu, c'est vrai. En Inde. En tout cas depuis le XVIIe siècle!

— C'est ridicule. »

Ils en arrivèrent à un compromis : ils sortiraient seuls ce soir-là mais il y aurait une partie de poker pendant le week-end. Sans crabes. J'aurais préféré que ce soit plutôt le contraire ; en y repensant, Mister Salgado l'aurait, lui aussi, préféré ainsi.

Pour le déjeuner des joueurs de poker, je préparai le riz jaune habituel accompagné de curry de poulet. Sachant que Tippy venait, j'ajoutai deux mesures de riz pour être sûr qu'il y en aurait assez. Mister Salgado ramena à la maison deux poulets décharnés dont la tête était plus grosse que les pattes. Je fus tenté de découper les poulets en petits dés pour en tirer le maximum, mais j'eus peur de me retrouver avec des os et rien d'autre, c'était courir un trop grand risque. Je fis donc une sauce épaisse et je doublai le chili. Plus ma sauce serait forte, mieux ça serait : en guise de viande, que le chili soit au moins à la hauteur. Ils pourraient tous se suçoter les dents, remuer leurs langues retorses et suer à grosses gouttes. « Triton, c'est vraiment fort! diraient-ils. Fort, fort, ouh! là, là! À vous faire flipper, mon vieux! » Tippy ferait un clin d'œil, *« Currylingus, machang… »*

Miss Nili était de mauvaise humeur depuis l'instant où elle s'était réveillée ce matin-là. Je le sentais à travers la porte de la chambre. En déposant le plateau du thé sur la table devant sa porte, je pouvais l'entendre gémir sous les draps comme l'enfant qui a fait un cauchemar. Un bruit qui semblait sortir de sa tête, de quelque lointain passé, plutôt que des profondeurs de la gorge rauque dont sa voix cascadait en temps normal. Le lit grinçait tandis qu'elle ou Mister Salgado se retournait.

Elle prit son petit-déjeuner seule sur la véranda devant la chambre sitôt que Mister Salgado partit faire les courses. Je lui apportai sa tranche de papaye habituelle, bien mûre, débarrassée de ses pépins noirs, oscillant dans son berceau naturel de peau jaunissante, ornée de deux demi-lunes de citron vert en équilibre sur des bâtonnets bruns taillés à la main. Elle pressa le citron vert sur la chair de papaye fraîche et se lécha les doigts. Elle se caressa la gorge comme si elle se frictionnait avec le jus. Je me demandai s'il lui était déjà arrivé de presser un citron vert, goutte à goutte, entre ses petits seins et d'en laisser la moiteur acide couler sur sa peau. Que faisaient-ils avec le noyau de mangue qu'il m'arrivait de retrouver dans leur lit ? Mâchonné et atrophié ; usé comme le caillou du désert ou le cadeau qu'on se donne et se redonne, de bouche à bouche. De la mangue pour la peau ? Un tonique pour le corps ? Pour les lèvres ? Un lubrifiant pour leur permettre de vivre pleinement leur vie d'homme et de femme, quelque étrange objet de désir partagé ? Assise, la jambe repliée au-dessous d'elle, elle remuait son thé comme si elle creusait un trou dans la tasse et dans la soucoupe. Dans la table. Dans le plancher. Jusqu'aux entrailles de la terre.

« Missy, dis-je. Que diriez-vous d'un peu de Rice Krispies ? »

Elle me lança un regard noir, ses sourcils méticuleusement épilés envahissant son grand front tout lisse.

Je ramassai la tasse vide sur la table et j'attendis un ordre qui ne vint pas. « Un œuf ? Au plat ? Brouillé ? » J'essayai tout. « Une omelette au poivron vert et à l'oignon ? Un petit peu de beurre ? »

Je l'aperçus plus tard dans le jardin. Elle fourrageait avec une canne, écrasant les coquilles d'œufs que j'avais placées dans les pots d'anthuriums. Deux corneilles sur le mur du jardin caquetèrent en la voyant, un cycliste qui descendait l'allée fit tinter le timbre de son vélo. Elle ne leva pas la tête. Elle fit claquer sa canne et en menaça les corneilles. Je l'entendis les chasser alors qu'elles s'élevaient du mur, ce qui eut pour résultat de faire redoubler leurs croassements et déclencha une réaction en chaîne dans les arbres et sur les parapets du voisinage.

Sans doute est-ce le bruit des corneilles qui la décida à rentrer à la maison. « Apporte-moi un grand seau d'eau bouillante. Triton. Un grand seau.

— Où ça ?

— Tu le mettras sur la véranda. » Elle me demanda de le remplir à moitié mais de garder de l'eau sur le feu.

« Laisse-le ici. » Elle me montra les nattes de roseaux qu'elle avait pris la précaution de disposer devant un tabouret de bois. Je posai le seau sur le sol. Elle sourit, son premier sourire de la matinée. « Merci, Triton. Tu me rapporteras de l'eau dans une dizaine de minutes » Elle agita un petit flacon bleu, laissant tomber quelques gouttes d'eau de rose puis, drapant une couverture autour de ses épaules, elle s'assit devant le seau. « Ça s'appelle un sauna, Triton. » Une fois sous la couverture, elle retira son kimono, le laissant tomber sur le sol froid. Je le ramassai. « Dix minutes », dit-elle et elle plongea la tête sous la couverture transformée en une tente saturée de vapeur.

Lorsque je revins avec un nouveau seau d'eau bouillante, elle pointa la tête. Son visage humide luisait, ses yeux brillaient. Elle avait l'air étonnamment pleine de vie. Elle entrouvrit brièvement la couverture, laissant sortir l'air chaud et humide et redisparut. « Vas-y, verse… »

Je me courbai jusqu'à ses pieds et versai l'eau sans à-coups, en veillant à ne pas éclabousser ses jambes. Je pouvais voir les veines se dilater autour de ses chevilles. La vapeur me faisait transpirer.

« Ça y est... » Elle se dépêcha de s'installer, réenfermant la vapeur et le seau. « Encore une fois », dit-elle par-dessous sa couverture humide. Une petite flaque d'eau ou de sueur s'étalait sur le sol, derrière elle. Elle avait baissé les stores de l'alcôve, rendant ainsi l'atmosphère étouffante et humide. L'endroit respirait la folie, on se serait cru dans la piscine d'eau bouillante de quelque secte démoniaque.

Mister Salgado m'arrêta alors que j'apportais le dernier seau. Il me regarda. Je lui expliquai que j'apportais de l'eau chaude à Miss Nili. « Un sauna, dis-je astucieusement.

— Où ? »

À peine lui avais-je répondu qu'il prit le seau et se dirigea vers l'endroit où elle était. Elle émergea et le vit. Elle entrouvrit la grande couverture sombre, semblable aux ailes d'un oiseau. « Tu viens ? »

De là où j'étais, j'avais peine à distinguer le visage de Mister Salgado, mais je pus voir ses épaules se contracter. Il versa l'eau. « Où as-tu appris à faire ça ? »

Elle rit. « J'avais besoin de chaleur...

— As-tu idée de l'heure qu'il est ? »

Elle se remit à rire. « Tu ne veux même pas y glisser la main, sentir ce que ça fait ? »

Deux jeux de cartes étaient posés côte à côte : le dos de l'un des deux était orné d'une princesse lasse, sur un lit de Moghol décoré à la feuille d'or ; l'autre la représentait contemplant un paon bleu tandis que ses suivantes murmuraient entre elles. Des jetons rouges, bleus et blancs étaient empilés dans un coffret en acajou.

Les joueurs de poker débarquèrent à la mi-journée : Dias, Tippy, Gomes, Danton Chidambaram et Susil Gunawardene dont les doigts lissaient constamment ses cheveux gras, aiguisant son profil. J'avais dans l'office une glacière pleine de bières, ils en boiraient jusqu'à ce qu'ils soient assez joyeux pour attaquer le déjeuner.

Comme Dias, Susil était, en général, un homme heureux. « Alors, les gars ? On se sent en forme ? »

Tippy avait déjà pris place : « On a de la chance, on a de la chance, *machang*. Aujourd'hui, comme qui dirait, j'ai de la chance au bout des doigts…

— Oh ! non, non, non, *men*, de la malchance ! » Dias tira soudain de sa poche son éternel journal. « Capricorne, hein ? » Il secoua la tête, l'air sinistre. « C'est pas votre jour… Des petits problèmes avec la corne de la lune… Qui est Vierge ? Que la Vierge se lève ! »

Nili se redressa. « C'est moi, mon chou. » Elle était toute belle après son sauna. Toute belle et lointaine.

« Oh ! Oh ! Vas-y mollo, Nili, vas-y mollo ! Je te le répète, c'est un mauvais jour pour vous tous, si l'on en croit cet horoscope. Ranjan ? Poissons, n'est-ce pas ? Toi aussi, tu traverses une période un peu agitée.

— On dirait que c'est la joie pour personne…, dit Susil avec un grand sourire.

— Sans filles ici aujourd'hui, comment veux-tu ? gloussa Tippy. À l'exception de notre incomparable hôtesse, toujours inégalable…

— Et moi qui croyais que c'était toi qui étais inégalable. En longueur, en tout cas…, rétorqua Nili.

— Pourquoi ? Qu'entends-tu par là ?

— Pour les Lion, ça ira ? Dias s'interposa.

— Le Lion, c'est toi, n'est-ce pas ?

— Oui, c'est moi.

— Et l'abruti qui a écrit ces conneries-là en est un aussi, je suppose. »

Danton ricana. Il ne croyait rien sans preuve. « Que dis-tu, Gomes ?

— Mon ami Alphonso m'a raconté que parfois le rédacteur écrit l'horoscope en remettant à sa sauce ce qui a été écrit le mois précédent. Personne ne réalise que c'est du pareil au même. » Ses grosses et grasses joues flasques tremblotèrent. « Chacun ne lit que le sien ! »

Je décapsulai trois canettes de bière.

« Très bien, très bien. Ces journaux sont une farce, mais lorsque c'est fait sérieusement, il n'y a pas lieu de s'en moquer. » Dias prit un air grave. « Je le sais par expérience. »

Tout le monde se mit à rire comme s'il venait de dire une plaisanterie. « Alors, qu'est-ce qu'il dirait d'un peu de poker, ton horoscope ? » Tippy lui enfonça le doigt dans le torse.

« Je suis sérieux. Ce genre de choses peut vous fournir de précieux renseignements. Mon ami est allé un jour…

— Pitié ! Suffit avec tes cinglés d'amis !

— Il a découvert ce gars qui vit dans une grotte près de Matara et qui établit les plus étonnantes cartes de ton ciel de naissance que l'on puisse imaginer. Tu vas le trouver avec ton jour et lieu de naissance et il élabore ça. Il peut te dire tout ce qui t'est arrivé et tout ce qui va t'arriver. C'est ainsi que l'oncle de mon ami a appris le suicide de sa mère, qu'il ignorait à l'époque. Et il s'est vu dire que son fils ferait de même. Atroce… Mais tu te souviens de cette histoire, ce type qui travaillait dans cette banque, et qui est devenu dingue ? Qui s'est mis à bouffer les billets de banque ou je ne sais quoi ? »

À la cuisine, j'avais mis dans l'évier la terrine qui m'avait servi à faire cuire les poulets et je l'avais remplie d'eau pour la laver. Dans cette eau, j'avais versé du lait qui restait. Lorsque celui-ci se mélangea à l'eau graisseuse de la terrine, une belle Voie lactée surnagea : un nuage placide de fumée liquide se déploya, qui alla courir le long des plis de l'argile avant de se dissiper doucement en une blanche bouffée sous-marine. Vous vous seriez attendu à ce que ce mélange d'huile, d'eau et de lait soit informe, et pourtant on aurait dit que sa façon de se déplacer était programmée, que chaque goutte portait en elle son avenir, que le nuage entier respectait la forme de la terrine, même s'il y avait de l'eau partout, même si l'évier était plein. J'attendis des éternités pour voir ce qui allait se passer. Il ne se produisit rien. Je me préparai une tasse de thé et quand je me retournai pour regarder l'évier, le nuage blanc s'était posé délicatement au fond, comme de la gelée. Dans une tasse de thé, le nuage de lait – évaporé et dilué – continuait à se désintégrer en une nouvelle couleur rappelant une boue fluide. Mais d'une façon ou d'une autre, l'eau de l'évier ralentissait tellement la désintégration qu'en fin de compte, rien n'avait changé. J'en conclus que ce devait être la graisse de poulet. La graisse faisait toute la différence et cela me parut de grande portée. Il fallait que j'en fasse part à quelqu'un. Il me vint à l'esprit que si un fluide pouvait être ainsi contrôlé dans sa chute apparemment libre, pourquoi n'en serait-il pas de même pour nos vies ?

La soirée battait son plein. Un vacarme de rires. Nili était en grande discussion avec Tippy et Mister Salgado. Je cherchais Dias du regard. Il s'était mis à l'écart pour étudier le bulletin des courses.

« Monsieur, venez voir..., dis-je.

— Tiens, Triton ! Que veux-tu ? » Il paraissait tout étonné.

Je compris soudain qu'il était pour ainsi dire impossible de faire partager cela à autrui. Ça avait à voir avec moi et pas simplement avec de l'huile et de l'eau. Quand il replia son journal et répéta : « Que veux-tu ? », je marmonnai quelque chose, essayant de changer le sujet. « La table de bridge. J'ai sorti les jeux de cartes qui viennent d'Inde. Ça ira ?

— Pourquoi pas, Triton ?

— J'ai pensé qu'avec les signes des étoiles et tout le reste, vous aviez peut-être envie de changer un peu… »

Il sourit avec bienveillance. « Bon garçon, dit-il. Bon garçon. Mais qu'importe le jeu, ce qui compte c'est la façon dont les cartes tombent. Alors, dis-moi, que peux-tu faire pour ça ? »

Je secouai la tête, démuni. Il n'y avait rien que l'on puisse faire. Un jour, mon oncle m'avait emmené chez un de ses amis. Un *peon*. En uniforme kaki, il allait et venait toute la journée avec des messages que s'échangeaient deux petits vieux dans deux chambres toutes grises, occupant leur temps à faire des additions et des soustractions. La nuit venue, il jouait aux cartes. Il passait environ trente secondes à les battre, sans cesser de chantonner, puis il les plaquait sur le tapis. Il pariait alors contre mon oncle sur la couleur de la carte de coupe : rouge ou noir ? Le salaire d'une semaine sur une simple couleur. C'était le jeu le plus rapide du monde, disait-il, ses yeux brillaient à l'idée d'une ruine en trente secondes. Ils buvaient de la térébenthine, histoire de ralentir le jeu, parce que plus on perdait, plus on battait vite. J'étais fasciné par cette façon de couper et de battre les cartes autant que par ce rapide échange de petites fortunes. Vas-y, coupe !

Le poker était une affaire beaucoup plus lente. « Monsieur, les cartes tombent comme il leur plaît… », dis-je.

Dias sourit, mais avant qu'il ait le temps d'ajouter quoi que ce soit, Tippy l'appela. « Écoute, qu'est-ce qu'il en dit des Beatles, ton astrologue ? Ils se remettront un jour ensemble ? Quoi, *men*, quoi ? »

Je venais de commencer à préparer les plats quand le téléphone sonna. C'était Robert. Il désirait parler à Nili. Elle surgit derrière moi, je lui tendis l'appareil. Elle ne parla pas très longtemps, mais après avoir terminé, elle alla dans sa chambre. L'instant d'après, je la vis se diriger vers le portail. Je la rejoignis. « Et le déjeuner ? »

Elle commença à me dire quelque chose mais changea d'avis. Son regard s'éloigna, se durcit, tout en restant posé sur moi. « S'il demande, s'il rappelle, dis-lui que je suis sortie. Peut-être que je reviendrai tout à l'heure, quand ils auront fini de jouer… »

Elle me demanda d'aller lui chercher un taxi. Avant de disparaître elle me dit d'un ton féroce : « Va leur donner à manger, Triton. Gave-les si tu peux, ça les empêchera de raconter leurs bêtises… » Elle serrait contre elle son petit sac noir brillant.

Après son départ, je finis de tout préparer, disposant les plats sur la table comme pour un buffet. On pouvait compter sur Tippy pour commencer, les autres suivraient. Ils feraient disparaître leurs assiettes sous des montagnes de riz et de grandes flaques de curry de poulet puis ils se trouveraient un perchoir où ils pourraient remplir leur panse et sucer la moelle de chaque os jusqu'à ce que quelqu'un les force à jouer aux cartes.

« Dites, où est Nili, *men* ? » demanda Susil.

Mister Salgado regarda autour de lui, perplexe. Je lui racontai ce qui s'était passé.

Tippy, de l'autre côté de la table, avait de vraies oreilles d'éléphant.

« Il est toujours dans les parages, ce Robert ? » Mister Salgado fit oui de la tête.

« Un sacré gars, celui-là ! Un ancien élève de l'Ivy League ou de je ne sais trop quelle université américaine. Si vous saviez tous les trucs qu'il fait… »

Dias arriva en tordant et en faisant craquer avec ses dents un os de poulet. Il y allait fort pour le sucer, ça faisait du bruit. « Qu'est-ce qui se passe ?

— Tu en as entendu parler de ce Robert ?

— Je le connais. Il était à ce dîner ici, non ? Tu sais, pour Noël.

— Ce bougre-là se faufile partout. Il va dans les villages sur la côte et y fait un foin d'enfer, dit Tippy.

— Pourquoi ? Pourquoi ?

— Petites trempettes de minuit avec les filles du coin, entre autres. Le clair de lune et rien d'autre… Tu vois le genre. Il distribue du fric en veux-tu en voilà aux gonzesses du village et il les fait forniquer sur la plage…

— Ne dis pas de bêtises. Comment est-ce qu'on peut faire ça ?

— Pourquoi, *men*, tu sais pas comment t'y prendre ?

— Un de ces jours il se fera bombarder de pierres par nos gars, tu crois pas ? Sûrement aussi qu'ils le poursuivront et le foutront dehors.

— Ou plutôt, on lui fera sauter la cervelle. »

Tippy donna un coup de coude à Mister Salgado : « D'ailleurs, j'ai entendu dire qu'il avait emménagé au Sea Hopper. C'est pas malheureux que ta Nili n'y travaille plus ! Elle ferait bien de garder ses distances, crois-moi ! Ranjan ? »

D'autres rires s'ensuivirent. « Moi qui m'imaginais que c'était partout l'amour libre en Amérique, pas vrai, Tippy ? C'est pas ce que tu as dit ? Quand tu es allé en Californie et tout ça… » Susil tendit les mains et remua les doigts.

« La baise gratuite, ça existe pas », marmonna quelqu'un derrière moi.

C'était l'infâme Pando du bain de piment en poudre, il était là, chancelant, un grand mouchoir blanc à la main. Il habitait toujours en face, au numéro huit, il vivait seul, et parfois, quand il voyait qu'il y avait foule à la maison, il s'amenait pour un repas gratuit et une bière.

« Tu devrais savoir, *machang*! »

Mister Salgado écoutait, tout en faisant tourner une assiette vide entre ses mains. J'allai vers lui et le forçai à s'approcher du buffet. « Servez-vous, monsieur, ça refroidit », lui dis-je. Je mis du riz sur son assiette et lui trouvai une belle cuisse de poulet bien ferme sur laquelle il restait encore quelque chose à manger. « *Papadum ?* »

Il approuva de la tête et en prit un gros tout boursouflé.

« Asseyez-vous, monsieur, asseyez-vous par ici. » Il se dirigea vers une des chaises en bois près du mur. Il faisait une tête de six pieds de long. Je le laissai manger ou faire ce qu'il voulait et m'occupai de regarnir les plats et de rapporter de la bière. Sans Nili, il n'y avait que des hommes. « Alors, *machang*, ça vous arrache la bouche, non ? Vous en avez pris ? » De la bière, du riz et du curry de poulet : c'était tellement facile de les mettre en train. Tous, à l'exception de Mister Salgado qui buvait de la bière comme un trou.

Après la glace, ce fut l'éternel refrain : « Les cartes. Où sont les cartes ? Apporte les cartes, Triton. »

Je sortis la table. Tippy coupa les cartes. Mister Salgado se retrouva bon gré mal gré dans le groupe et on lui donna une autre bière.

« Banquier, banquier, passe-nous les jetons.

— Le pognon d'abord. Tais-toi et crache ton fric.

— Pourquoi ? Dans ce putain de pays, personne ne fait ça.

— Comme tous ces gourous, non ? marmonna Danton. Beaucoup de pets pour rien ! »

Ils firent un vacarme pas possible en s'installant, en partie pour se réveiller et en partie parce qu'ils étaient heureux de se retrouver entre copains pour le week-end. Je débarrassai la table et avalai rapidement une ou deux poignées de riz. Il ne restait pas beaucoup de poulet mais j'avais gardé une ou deux ailes à la cuisine. Avec cette bande de joueurs de cartes, il ne fallait jamais trop compter sur des restes.

L'après-midi passa, Nili ne donna pas signe de vie. J'ignore pour quelle raison je m'attendais à ce que le téléphone sonne avec un message de sa part ; il n'en fut rien. Mister Salgado ne disait mot, on le sentait préoccupé. Tippy les divertit avec d'autres histoires de ses voyages en Amérique. Susil, toujours aux aguets pour la bonne affaire, dit : « Si j'en crois la rumeur, un peu d'amour libre ne nous ferait pas de mal par ici… Ça pourrait permettre à ces jeunes voyous de penser à autre chose qu'à leurs foutaises marxistes, pas vrai ?

— Mais apparemment, dans ce nouveau mouvement auquel ils adhèrent tous, le mot d'ordre c'est : pas de tabac, pas d'alcool, pas de sexe. Vous avez entendu ça ?

— Oh non, *men* ! Pitié, pas une autre histoire de monastère ! Je croyais qu'ils voulaient une révolution ! »

Mister Salgado parla. « Ce n'est pas une plaisanterie, vous savez. J'ai entendu dire que même mon gars là-bas sur la côte commençait à se comporter de façon bizarre. Chaque mois, il disparaît quelques jours…

— Des idioties tout ça, Ranjan. Nous parlons d'une bande de voyous à la manque qui n'ont rien de mieux à faire. Ton Wijetunga est un gars qui a quelque chose dans le crâne, lui… Au moins ce mec-là, il a un boulot, alors de quoi est-ce qu'il se plaint ? »

Ce que m'avait dit Wijetunga au sujet des Cinq Leçons me revint. Une bouffée de palmes de cocotier en train de fermenter… Deux mondes tournant chacun dans son sens.

« Pas des voyous, *men.* Qu'est-ce que vous racontez ? Vous n'avez donc pas entendu ce discours électoral où il est question de pendre les perdants par les couilles ? De plumer les profiteurs de Galle Face Green ? Ça veut dire nous aussi. Pas juste les grosses légumes. Et ce mec avec toutes ses menaces, il se retrouvera au Parlement le mois prochain !

— Absurde. Du vent, tout ça. La seule chose qu'ils veulent, ces connards, c'est leur part du gâteau. Comme tout le monde. »

Voyant que le soleil baissait, je préparai du thé, une énorme théière pour tout le monde. Tippy quitta la table de jeu. Il avait beaucoup bu. « Juste ce qu'il nous faut ! me dit-il d'une voix forte. Sers le thé, *kolla.* » Il ne me regarda même pas quand je lui en servis une tasse. « Dias, comment ça se fait que tu te retrouves avec toutes ces cartes ! Qu'est-ce que tu as fabriqué ? Tu as triché en battant les cartes ou quoi ? »

Mr Dias prit un air satisfait. « Je te l'avais bien dit : j'ai les étoiles de mon côté aujourd'hui !

— Tu parles !

— Attendez un peu. Je vais vous prendre tout votre fric aujourd'hui. » Il ramassa ses jetons et en fit un petit tas. « Quitte ou double ? »

Tout le monde se mit à rire, à l'exception de Mister Salgado. Il contemplait les jetons empilés de l'autre côté de la table.

« Dis-moi, Ranjan, qu'est-ce qui ne tourne pas rond ? demanda Tippy. C'est pas ton jour de chance ? »

Mister Salgado le regarda, morose, mais ne répondit rien.

Je voulais m'éloigner d'eux tous. M'éloigner de leurs bavardages. Le thé servi, j'allai dans le jardin. Le soleil couché, l'air circulait doucement, on aurait dit qu'après avoir retenu leur souffle toute la journée, les plantes s'étaient soudain remises à respirer. Le bourdonnement des insectes s'élevait comme une odeur, c'était ce moment de la journée où la fleur se détache de l'arbre tandis que ses pétales, bondissant de ramille en ramille, viennent un instant se poser sur une feuille plus basse avant d'acquérir leur liberté de toucher la terre pour y mourir. Délaissé par les feux du soleil, le sol lui-même s'affaissait un peu. J'allai jusqu'au portail jeter un coup d'œil dans l'allée. Deux personnes cheminaient vers l'avenue. Lors de mes débuts chez Mister Salgado, j'aimais regarder le crépuscule près du portail. De là, je pouvais voir deux réverbères sur l'allée, entre les arbres ; sitôt que le soleil avait sombré, un homme arrivait à vélo, tenant d'une main, en équilibre, une perche de trois mètres qui se terminait par un crochet ; on aurait dit un de ces bâtons qu'utilisent les cornacs pour chatouiller ou tirer un éléphant par l'oreille. Il s'en servait pour activer le bouton du boîtier métallique à mi-hauteur du réverbère, permettant ainsi au gaz de circuler puis de s'enflammer et de délicatement blanchir la nuit, telle une étoile de phosphore. Notre allée empoussiérée de rouge se mettait alors à se tortiller comme une langue frétillante, tandis que les lumières s'allumaient de maison en maison pour conjurer les ténèbres qui se précipitaient pour envahir la terre.

Je me tournai vers la maison. Des nuages arrivaient par-derrière. Elle me fixait avec d'énormes yeux jaunes et lumineux. J'aurais dû baisser les stores, j'avais passé trop de temps à rêvasser dehors. De bruyants éclats de rire ponctués d'appels stridents fusaient par toute la maison avant d'aller se perdre dans l'obscurité.

J'entendis Tippy m'appeler: « Triton, *kolla,* une bière ! » Je ne bougeai pas. Après tout, s'il en avait si grande envie, il pouvait la chercher lui-même. D'ailleurs, il était grand temps qu'ils partent. J'attendis dans l'ombre. Tippy m'appela à nouveau, en faisant tinter un verre contre une bouteille. « Quatre as ! Allez-y, battez ça ! » hurlait Dias, au comble du bonheur.

« *Aiyio* ! » L'un d'eux se tapa sur les cuisses et abattit ses cartes.

Les jetons cliquetèrent. Une bouteille de bière fut apportée de la cuisine. « Je n'en ai trouvé qu'une. » J'entendis qu'on la décapsulait. Quelqu'un mit de la musique, des gémissements électroniques dans une brume empourprée.

« Où diable est ce garnement ! Triton ? »

Je brandis le bras, pestant tout bas contre eux. Allez vous faire voir ! Un je-ne-sais-quoi dans l'air de la nuit me contaminait à mon tour. Il se passait trop de choses. Wijetunga sur la plage avait tout compris. Je regrettai de ne pas avoir terminé mon certificat d'études. *Stupide, stupide garçon. Stupide kolla.* Je sentis la panique me gagner. Je vis Joseph tenant un crâne empoisonné, couvert de cendres de *bali,* grimaçant près du portail. Lui aussi semblait flotter dans les airs. *Bouffe ça, kolla, bouffe ça.* Tout mon être se consumait.

« Cette fois, ça y est, hurla Tippy. J'arrête.

— T'es un beau salaud ! Juste parce que tu perds… »

Quelqu'un traîna une chaise sur mon parquet bien ciré. J'eus l'impression qu'un couteau m'éraflait. Je me coulai dans l'obscurité comme un léopard, j'avais mal à la plante des pieds, les cailloux de l'allée s'y enfonçaient. La bande de joueurs se dispersa comme si, par quelque décision collective inconsciente, la partie était arrivée à une fin. Je vis Tippy finir un verre de bière.

En une danse lente et maladroite, les silhouettes simiesques sortirent en titubant de la maison et disparurent dans leurs voitures noires à la croupe rebondie. Les moteurs s'animèrent en crachouillant et ils affrontèrent sur des pneus bouffis la route sombre et tranquille. Les choses semblaient toujours se terminer de façon étonnamment abrupte ; après ça, on aurait dit qu'il ne s'était jamais rien passé. Que c'était peut-être un rêve.

J'étais toujours dehors lorsque Nili revint. Affalé sur la table de jeu, Mister Salgado ne semblait pas conscient de son retour.

Je décidai de ne pas ranger la pièce, de peur de déranger Nili et Mister Salgado. Au bout d'un moment, j'allai faire un tour jusqu'à l'avenue. Je regardais les voitures apparaître et disparaître. Je sentais l'océan se refermer sur nous.

Le lendemain matin, lorsque j'apportai le thé, Mister Salgado était déjà levé. Assis sur la véranda, dans son sarong, il ne lâchait pas des yeux le portail au bout de notre allée. Un petit loriot s'élança d'un arbre et traversa le jardin. Mister Salgado ne le remarqua pas. Inerte, les yeux baissés, les joues plates, la bouche, les lèvres en état d'apesanteur, on l'aurait pris pour une statue. On aurait dit que rien en ce monde ni dans l'autre ne le ferait jamais bouger. Même ses paupières étaient immobiles. J'en conclus qu'il n'avait pas dû beaucoup dormir après la beuverie de la veille.

« Monsieur, voulez-vous une tasse de thé ? » Les mêmes mots que toujours, mais cette nuit pénible avait tout changé.

Il ne remua pas. Il continua à regarder fixement devant lui. Je lui redemandai : « Du thé ? »

Il finit par tourner la tête vers moi. Très lentement. Impossible de lire quoi que ce soit sur son visage. Pas un muscle ne parut bouger. Je pris ce signe comme l'ordre de verser. Le thé sortit de la théière en un épais torrent brun.

« *Nona* ? » demandai-je.

Il fit celui qui n'entendait pas.

Nili apparaissait en général peu après lui, mais ce matin-là, elle était introuvable. Je regardai les portes blanches de la chambre. Elles étaient closes. On aurait dit qu'elles n'avaient pas été ouvertes de la matinée.

Au cours de la nuit, je les avais entendus depuis l'allée. Cela avait commencé par les cris de Nili, en colère contre lui. Ses cris suffisamment hauts et forts pour que tout le voisinage se terre. Je n'entendis Mister Salgado que lorsque je rentrai en catimini par la porte arrière. Sa voix semblait s'enfler jusqu'à devenir un rugissement de tout son être, comme un barrage qui cède. Jamais je ne l'avais entendu ainsi ; il était déjà arrivé à Nili de s'emporter, mais jamais je n'avais entendu la voix de Mister Salgado devenir déplaisante. Cette fois, elle était dure : elle accusait Nili de coucher avec Robert. «Je t'ai vu te pomponner pour ce salaud. » Je jetai un coup d'œil par la porte de derrière qui était entrouverte. Elle avait le visage crispé. Les muscles de son cou étaient tendus. Elle avait peine à déglutir. « Comment oses-tu ? … Tu te prends pour un génie alors que tu n'es qu'un putain de raté. Tes connards de copains se foutent de ta gueule et tu as les méninges qui ressortent par ta queue à la con. Comment oses-tu m'accuser… » Elle écarta une chaise qui la gênait. Celle-ci alla heurter le lampadaire qui tomba. « Tu veux savoir ce que tu es ? De la merde, c'est tout. Un sauvage. Comme eux tous. Tu t'imagines que pour la simple raison que je couche avec toi, je suis ta chose. Espèce de couillon! » Ce n'est qu'alors que je compris combien j'avais fait de Nili une créature de mon imagination, et qu'en fait, j'avais vu bien peu d'elle. Aujourd'hui, après toutes ces années, j'ai du mal à me rappeler son visage. Il ne me revient que par détails : ses yeux, ses fossettes, sa bouche pleine de gâteau, ses lèvres en train de rire ou vomissant sa rage. Elle sortit furieuse. Mister Salgado se retrouva au milieu de la pièce, défiguré par le faisceau lumineux du lampadaire déchu. Il finit par se baisser pour le relever. Je me retirai dans ma chambre dont je fermai bien la porte.

Le loriot réapparut. Il ne s'était jamais autant approché de la maison. Je l'entrevoyais derrière Mister Salgado : jaune mandarine, la tête noire effrontée, l'œil vif, cerné de rouge, le bec rouge. Malgré sa petite taille, son chant résonnait dans tout le jardin. On l'aurait cru sorti d'un pot de peinture jaune. Un chant sans expression, ni aucune angoisse. Le petit oiseau ne redoutait pas l'aigle qui un jour fondrait sur lui et arracherait ses plumes jaunes. En sa bienheureuse ignorance, il était beau. Essentiellement beau. Imperturbable jusqu'à son dernier instant. Jusqu'à ce qu'il soit trop tard.

« Monsieur, murmurai-je à Mister Salgado. Regardez l'oiseau... »

Il le regarda sans manifester la moindre émotion. Il m'avait aperçu un jour tenant un oiseau mort dans la main. C'était au début, quand je n'étais chez lui qu'un petit domestique. J'avais fabriqué une catapulte et je m'entraînais près du portail, perfectionnant mon tir pour faire tomber les mangues de l'arbre de Ravi. Un petit oiseau descendit se percher sur une branche : comment ne pas résister à pareil défi ? Je visai plus juste que je ne l'aurais pensé : la mangue tomba du premier coup. Le petit corps dodu s'affaissa sur l'allée comme une boule d'étoffe. Je le ramassai, les plumes étaient toutes soyeuses, les petits os délicats, fragiles. Il était encore tiède. Mister Salgado sortit, il me vit avec l'oiseau dans la main. Il saisit mon poignet en disant: « Il ne faut jamais retirer la vie. Il est facile de la détruire, mais moins facile de la donner... » Un frisson de honte parcourut chaque veine de mon corps : j'aurais voulu être mort.

Dans la pièce à la baie vitrée, la table de jeu et les chaises paraissaient étranges, comme si les joueurs s'étaient évaporés. Il planait une odeur de bière. J'aurais dû enlever les verres dans la soirée: ils étaient pleins d'insectes ivres morts. Je l'aurais bien fait, mais sachant que les deux autres étaient là, seuls, à jouer à je ne sais trop quoi, je ne pouvais entrer. C'était impossible.

Dans la salle à manger, mon *sambol* était par terre. Le plat avait roulé sous la table. Les lasagnes que j'avais préparées et gardées dans le réfrigérateur attendaient avec un grand trou au beau milieu, là où quelqu'un s'était servi. Mon cœur se serra : j'aurais dû être là. Je trouvai une cuillère près de la lampe, de la sauce sur le mur. Mes lasagnes.

J'avais été si fier de montrer à Nili ma façon de les préparer. Comment travailler la pâte avant de la rouler pour la découper en bandes. Ses ongles dentelaient les lanières tandis que ses doigts les aplanissaient. Elle était tellement près de moi que je sentais ses cheveux. « Tu n'es vraiment pas à ta place ici, Triton. » Ce n'était pas ce que je ressentais : je n'appartenais à nulle part ailleurs. Je ne comprenais pas ce qu'elle voulait dire. « Aucun de nous n'a été mis là où il devrait être. Ni toi ni moi nous ne donnerons jamais rien de bon ici », dit-elle, effleurant mon visage de sa main. « Juste une caricature de nous-mêmes... » Sa main était douce, avec un léger reflet brillant. Je voulais l'embrasser. Je sentis monter en moi l'impossible : être tout sauf invisible. Je crois qu'elle le savait, peut-être aurais-je dû. En dépit des conséquences. J'eus l'impression de disparaître. Elle me caressa le visage comme si elle voulait m'effacer. Mes joues étaient engourdies. Je n'avais pas idée de ce qui se passait, quoi que ce soit, ça n'allait pas. S'il existe des dieux en ce monde ou dans l'autre, qu'ils aient pitié de nous et nous donnent chaque jour de la force, parce qu'il nous en faut. Chaque jour. Chaque jour sans exception. Sans relâche, si possible.

Mister Salgado ne bougeait pas. J'essayai tout, lui proposant même de la mousse aux pommes sauvages : rien ne l'intéressait. Il ne voulait rien. Nili restait introuvable. Je n'osai pas entrer dans la chambre.

« Monsieur, juste un petit peu d'eau… Ce soleil… » Il ne remua pas, perdu qu'il était dans ses pensées. De la vapeur émanait de sa tête, embuant les rayons épanouis d'une matinée déjà avancée, et l'air, autour de sa silhouette assise, se ridait de sa chaleur corporelle en des images consécutives, concentriques de lui-même tandis qu'il se rabougrissait, frisson après frisson, en une masse informe, déshydratée.

Je ramassai tapis et carpettes et j'allai les battre sur l'allée jusqu'à ce que tout disparaisse en une tempête de poussière puis je lustrai le sol de la véranda et du salon avec des palmes de cocotier, le ponçant au rythme d'allées et venues régulières. Je désinfectai les gouttières de la salle de bains et montai même sur le toit nettoyer les gouttières en faisant du bruit pour mettre en fuite les péramèles. Mister Salgado ne broncha pas. Pas la moindre réaction. Je nettoyai la maison de fond en comble en faisant comme si de rien n'était. Comme si c'était un matin ordinaire, un matin qui deviendrait midi, après-midi, soir et nuit. Comme si le sommeil arrangerait tout, comme si le lendemain apaiserait les meurtrissures de la veille. Hélas, il n'en fut rien. L'après-midi venu, je sus que Nili s'en était allée. Pendant que je faisais les courses. Sans même un au revoir. C'était mieux ainsi. Je n'aurais vraiment su que faire.

Les jours passaient. Je finis par lui faire croire que nous avions de la visite, histoire de l'intéresser à ce qui pourrait se passer autour de lui. J'allais ouvrir le portail, simulant des bruits de visiteurs. Je finis par me promener dans la maison en parlant tout seul, pour stimuler, comme par magie, une conversation. S'il m'entendait, il n'en laissait rien paraître. Il semblait avoir été victime d'un maléfice. La maison était sinistre. On l'aurait dit vissé à un seul et même fauteuil qui changeait de forme pour s'adapter, semblait-il, à sa silhouette immobile. Même si le S gracieux du dossier épousait sa longue colonne vertébrale, la vannerie était mal en point à certains endroits. Quelques brins d'osier effilochés tremblotaient par-dessous, tels des petits ressorts. Il en avait étendu les accoudoirs articulés, des bras cagneux, tournés vers l'extérieur, de la longueur d'une jambe, sur lesquels il reposait ses pieds. La couleur de sa peau rappelait celle du bois du fauteuil. On aurait pu prendre son bras pour un autre morceau de bois – un bâton posé sur l'accoudoir. J'attendais de ce bras qu'il se tourne vers moi, me reconnaisse d'un signe, se tende vers moi.

« Monsieur, mangez quelque chose… Même les mendiants mangent, monsieur, murmurais-je doucement. Des noix ? Du miel et du lait caillé ? » Je laissais un plateau sur la petite table en jacquier pour qu'il se serve à son rythme.

Cette année-là, Vesak tomba peu après le départ de Nili, une semaine avant les élections. Au bon moment. Une célébration de la naissance de Bouddha et de son Éveil – détachement – était précisément ce qu'il nous fallait! Je voulais préparer la plus grosse grappe de lanternes de *vesak-kudu* qu'on ait jamais vue dans notre allée raboteuse. Cela nous vaudrait peut-être des faveurs. Le Seigneur savait combien nous en avions besoin!

Je me mis à l'œuvre en face de la cuisine. Mister Salgado ne prit même pas la peine de passer, j'aurais eu pourtant bien envie de lui montrer les complexités du travail du bambou, les éclisses, les nœuds, la magie par laquelle une extraordinaire structure d'hexagones surgissait de nulle part, tels ses précieux coraux. La façon dont ces hexagones s'attachaient l'un à l'autre pour devenir une volée de lanternes flottantes aux longs sillages en tulle. Je me servis de papier mousseline blanc et jaune, un jaune bouddhiste, de pâte de riz en guise de colle et d'une ficelle blanche pour maintenir le tout. Ma grappe de lanternes achevée, j'avais mal au dos mais j'étais heureux.

J'enroulai une corde autour du gros arbre blanc de l'entrée puis je hissai la grosse mère et ses six bébés lanternes, chacune abritant une bougie allumée.

« Monsieur, venez voir », lui dis-je une fois que tout fut installé. Il vint. Il alla se placer sur les marches et leva la tête. La lumière des bougies éclairait son visage. Du doigt, je lui montrai le flot de serpentins. « Regardez, comme ils sont longs!

— Très bien », dit-il.

Plus tard ce soir-là, je le surpris en train de contempler la lune reléguée tout là-haut dans les arbres. « Ah! si nous pouvions faire en sorte que toute la côte ressemble à Yala! Un sanctuaire marin sans âme qui vive. Un authentique refuge. » Il se tourna et me dévisagea. « J'entrevois ça comme dans un rêve, tu sais. Une aquarelle là, dans ma tête.

— Monsieur ?

— Le problème ce sont tous ces gens… Tous ces gens qui veulent juste vivre au jour le jour, et après moi le déluge. Comme si tout ce qui comptait, c'était leur instant de passion, rien d'autre. »

Il baissa ses paupières inquiètes. « Il te faut apprendre à laisser venir les choses, je suppose. Apprendre à ne pas te battre pour n'importe quoi. » Le lendemain matin, je lui demandai s'il aimerait du lait de poule pour son petit-déjeuner : mon mélange personnel de café d'excellente qualité, de cacao, d'œuf, de vanille, de brandy, de lait chaud, de beurre que je remuais avec un bâton de cannelle et saupoudrais de noix de muscade. Un breuvage aussi nourrissant que délicieux.

« Non. »

Je préparai d'office le lait de poule et le lui proposai à nouveau dans la matinée. Devant son nouveau refus, je le bus.

Les élections générales de ce mois-là se soldèrent par une victoire écrasante des partis de l'opposition, une coalition inquiète de gauchistes de la vieille école et de néonationalistes qui promettaient du riz gratuit et une nouvelle société : nous n'aurions plus à redouter d'être exploités par les marchés étrangers et nous serions affranchis du triste destin d'un héritage colonial. Il s'ensuivit de furieux débats sur la façon dont se profilait l'avenir : une ère où tous auraient l'eau et l'électricité, une ère qui favoriserait des transferts de population, si l'on en croyait les visions extravagantes des politiciens chargés de l'aménagement du territoire. Dans les spasmes du changement qui saisissaient l'administration, Dias se vit nommer dans le sud profond du pays. Il vint annoncer la nouvelle à Mister Salgado. « Ça gronde partout, *men*!

— Quand pars-tu ?

— La semaine prochaine. » Il exhala un rond de Gold Leaf. Un rond parfait. « Ça me dit rien qui vaille pour tes histoires de corail. Finies les grandes idées… Il n'y a plus désormais que des commissions populaires. Ça a été décrété. »

Mister Salgado hocha la tête. «Je sais… Les gens s'imaginent qu'à coups de décrets ils peuvent tout régenter, même les vagues!

— Mais nous avons besoin que ça change. Ça fait trop longtemps que tout va à vau-l'eau. L'ennui, c'est que j'ignore ce que je peux faire dans ce nouveau système ou comment je m'y insère. » Dias se frotta vigoureusement les yeux. « Et toi ? Quels sont tes plans ?

—Je n'en sais rien… » Mister Salgado haussa les épaules. Au bout d'un moment, il inspira en profondeur et baissa la tête. «J'ai commis une grosse erreur, vois-tu, reprit-il. Une grosse, grosse erreur…

— Dans ce cas, pourquoi n'appelles-tu pas Nili ? Fais quelque chose.

—Je ne peux pas, je ne sais pas où elle est.

— Et l'hôtel ?

— Non, je crois qu'elle est partie. » Il hocha la tête. « À vrai dire, je ne souhaite pas…

— Il n'y a que les gens qui ont de l'argent qui s'en vont. En Angleterre, en Australie, l'exode classique du capital…

— Bon débarras, tu veux dire. »

Dans la lumière évanescente, on les retrouvait comme autrefois, paressant bien au frais à côté de notre grande baie vitrée dont les stores étaient relevés, mais ce soir-là, aucun rire ne viendrait combler les espaces entre leurs mots esseulés.

Sans doute n'étions-nous pas les seuls à changer, sans doute le monde entier changeait-il. Au cours des deux mois qui suivirent, on eût dit que petites guerres, querelles et flambées de violence sévissaient dans le monde : à Belfast, Phnom Penh, Amman, endroits dont je n'avais jamais entendu parler, autant que dans nos provinces. Le *takarang* céda, l'allée fut inondée par l'eau du réservoir. En face de chez nous, Mr Pando posa du fil de fer barbelé sur son mur mitoyen, quant à ses voisins, ils entreprirent la construction d'appartements dans le jardin à l'entrée de leur maison pour y caser les familles de leurs enfants et toutes leurs chamailleries. La prime sur le terrain et la réforme des règlements ne tarderaient pas à déprécier les maisons plus anciennes. Même la nôtre, je le sentais, finirait par capituler et disparaîtrait un jour derrière la façade en béton d'un autre propriétaire. Nos murs s'effondreraient. Toute la géographie de notre passé serait ainsi reconstruite. Comme si tout devait changer.

Un soir, Mister Salgado entra dans la cuisine. Il regarda autour de lui, en étranger. « Ça me rappelle l'histoire d'*Anguli-maala,* dit-il en regardant mes mains. Qu'est-ce qui a mal tourné ? Le prince était fou ou quoi ? » Mister Salgado ne pouvait plus faire la distinction entre du porc et du poulet. Il avait encore les idées embrumées.

Anguli-maala, c'est l'histoire du prince Ahimsaka le Débonnaire, brillant jeune homme qui se consacrait à l'étude dans un monde dévoré par la jalousie. C'était une sale époque. Les autres princes détestaient Ahimsaka. Ils racontaient des histoires salaces à son sujet, faisaient courir des rumeurs malveillantes. Ils rapportèrent à ses professeurs qu'il avait une liaison avec l'épouse du directeur. Ce dernier, furieux, décida de le châtier en l'expédiant dans un enfer de son invention. Ainsi, pour achever ses études, le prince reçut-il l'ordre d'aller récolter à travers le monde mille petits doigts encore saignants et d'en faire une guirlande. Aujourd'hui, je me dis qu'il devait plutôt s'agir de mille pénis, mais aux petits garçons que nous étions alors, on disait que c'était des doigts, des petits doigts. Le prince s'en fut à contrecœur satisfaire les exigences de son professeur afin de parvenir à la sagesse promise en tuant ou en mutilant tout homme qu'il rencontrerait en chemin, lui coupant le petit doigt qu'il enfilait sur un fil de coton blanc. Parfois, il tranchait carrément la tête, dépeçait le corps et emportait le doigt. Par loyauté envers son professeur, ce prince jadis débonnaire devint donc un boucher auquel il fallait sa ration de sang quotidienne. «Je ne peux pas dormir, je ne suis pas satisfait tant que je n'ai pas coupé dix petits doigts dans ma journée», déclarait-il sur un ton de général aux vieux comparses toujours affamés qui se ralliaient autour de lui. «J'ai besoin de l'odeur de sang frais pour respirer. «Une fois qu'il eut une guirlande de neuf cent quatre-vingt-dix-neuf doigts autour de son cou, il s'aperçut que ceux qui avaient été coupés les premiers pourrissaient et se détachaient tels des régimes de bananes pourpres toutes ratatinées. Il s'en dégageait une puanteur atroce. Les doigts qui restaient se racornissaient, finissant par l'étrangler. Il lui arrivait de rêver qu'il les mangeait, il se réveillait alors en vomissant. Et il tuait, et il tuait, sans jamais parvenir à son but. Chaque fois qu'il enfilait un nouveau petit doigt ensanglanté, dix autres se décomposaient… Mais il ne renonçait pas, expliquant qu'il lui fallait faire ça pour le bien de l'humanité, afin de devenir un roi juste et sage et de pouvoir un jour s'asseoir sur un trône d'or. Et là-bas, sur la plage, la marée emportait les cadavres des hommes et des jeunes garçons disparus de chez eux qu'il avait massacrés puis jetés à la mer. Chaque matin, ils réapparaissaient. Par douzaines. Le ressac les ramenait, gonflés d'eau, méconnaissables. Les pêcheurs des villages se firent croque-morts. Ils brûlaient les cadavres, empilés en tas plus hauts que ceux des poissons qu'ils avaient pris. Parfois, ils les enterraient dans des fosses communes, mais la mer les déterrait, exhibant sur le sable la chair putride, luisante, tandis que les corbeaux en picoraient les morceaux. De temps en temps, on reconnaissait un cadavre, ce qui donnait lieu à des murmures qui volaient de bouche en bouche, depuis les sentiers du bord de mer jusqu'à la grand-route, depuis les cimes des arbres jusqu'au moindre village de la côte. Mais personne ne s'indignait. On percevait plutôt un ahurissement, une terreur, une complicité, étouffées. La terre et le sable, le soleil et le vent, la mer et le ciel d'un bleu sale éclipsaient temporairement le passé et l'avenir aux yeux du monde tandis que carnage et mutilations continuaient à un rythme de plus en plus effréné. Qui châtiait qui ? Je me le demandais sans jamais poser la question. Je ne pouvais émettre un son, ensorcelé par la magie enfantine de ce conte.

Mister Salgado suivait mes lèvres comme un petit garçon. Il m'écoutait.

« Le Seigneur Bouddha finit par entendre ces murmures et il alla voir ce qui était arrivé à ce prince jadis si fidèle. Et le prince devenu monstre reconnut le Seigneur et il comprit son égarement… »

J'en arrivai au point où, dans ma version, tout se termine bien et *Anguli-maala* devient un des moines les plus révérés de tous les temps dont la seule présence soulage les douleurs de l'enfantement et apporte la paix aux vivants, mais Mister Salgado s'était détourné. Il se mit à frissonner, délibérément, comme un chien, et il se retira dans sa chambre. Ce que j'ignorais, c'était qu'il avait appris, un peu plus tôt ce jour-là, que Dias avait disparu. À en croire le journal, il s'était noyé au large du récif, là-bas au sud. La mer était mauvaise, disait l'article, je n'avais toutefois jamais vu Dias s'y aventurer de son plein gré, même quand elle était calme.

Ce n'est que beaucoup plus tard ce soir-là que Mister Salgado se décida à m'annoncer la nouvelle. Sa voix était à peine audible. J'avais du mal à croire que nous ne reverrions jamais Dias. J'en avais la nausée : je l'imaginais ballotté par les flots ; les poissons traversant comme des flèches son corps en charpie. L'eau turbide.

Vers la fin de l'année, Mister Salgado devint très agité. Il allait et venait dans toute la maison comme s'il cherchait quelque chose, sans jamais trouver. Plus personne ne nous rendait visite. La bande des vieux amis s'était volatilisée. À la mort de Dias, notre vie parut avoir changé de façon irrévocable. Je sentais ça dans l'air, comme si nous étions dans les limbes. Dans l'eau, à faire du surplace.

La première fois que j'entendis mentionner les plans de Mister Salgado fut lorsqu'il vint m'en faire part. « Triton, nous partons. À l'étranger. Fais les bagages, emporte juste ce qu'il nous faut. » À l'entendre, cela paraissait tout simple. Il expliqua qu'un travail l'attendait dans un institut en Angleterre. Ça avait quelque chose à voir avec son ami, le professeur Dunstable. Il me dit que je devrais l'accompagner, prendre l'avion pour aller en Angleterre. Peut-être que moi aussi je pourrais faire des études ; apprendre quelque chose et vivre ma vie. Il entendait par là que nous quitterions pour toujours notre maison, comme si c'était pour lui la seule façon de dissiper la brume de mélancolie qui planait sur lui, sur nous deux.

Je passai presque tout le reste de la journée dans le jardin près de nos arbres – le vieux flamboyant blanc, les arbres de Judée, le cerisier – mais à la fin je fis, comme toujours, ce qui m'avait été demandé, glissant dans nos affaires des douzaines de coffrets de thé parfumé. Qui sait ce dont nous pourrions avoir besoin ? J'aurais voulu tout emporter, mais Mister Salgado me dit qu'il nous fallait choisir. Je me demandais qui viendrait habiter la maison après nous : quelle sorte de monde ils bâtiraient sur nos dépouilles.

Avant le départ, Mister Salgado me montra des photos remontant à ses jours d'étudiant en Angleterre : un bonhomme de neige avec un bonnet, une foule de pardessus gris. « Il fera froid, me prévint-il. De la glace et de la neige. » La seule idée de froid me donna le vertige.

« D'accord », dis-je, en levant le pouce comme je l'avais vu faire aux vrais héros sur notre écran panoramique Liberty.

IV

Rivage

À Londres, Mister Salgado nous installa dans un appartement près de Gloucester Road et il commença tout de suite à travailler dans son institut. Il pleuvait à longueur de journée, la façade de l'immeuble dégoulinait et le ciel d'hiver tirait au noir. On aurait dit que la pluie dénudait les arbres, qu'elle rétrécissait l'horizon au-delà de notre fenêtre. Je passais la plupart de mon temps à la maison, la télévision allumée. Mister Salgado n'avait guère le temps de me montrer quoi que ce soit. Nous ne bougeâmes pas jusqu'au printemps, lorsqu'il arrangea une excursion au pays de Galles où l'un de ses collègues avait un cottage à louer.

Une plage de galets s'étendait au pied de la falaise, près du cottage. À marée basse, les galets cédaient la place à un sable boueux où je découvrais les débris d'un monde entièrement nouveau: mousse d'Irlande, méduses, varech, solens, coquillages, ophiures, frisbees, corde de nylon bleu, oursins morts… Le soir, en me promenant le long d'un sentier jonché d'écailles de moules annelées de pourpre et de buccins gris, j'entendais les cris des oiseaux de mer, les appels des cormorans et des goélands argentés, des plaintes aussi tristes que nos vies déracinées, obscurcies. Alors le soleil du nord éclatait en un arc-en-ciel, tandis qu'un crépuscule incandescent illuminait le ciel au-dessus de la raffinerie de pétrole, de l'autre côté de l'estuaire. Les résidus pétrochimiques teintaient délicatement l'air en mauve et en rose, rappelant ainsi le tropique du Capricorne au large de notre côte méridionale pailletée de corail. La mer miroitait entre les croupes noires des rochers couverts de bernaches, striés de fucus vésiculeux doré comme des baleines échouées; elle s'enflait en un énorme monstre qui avançait vers la terre en reniflant et en gargouillant. Le ciel s'empourprait. La terre s'empourprait. La mer s'empourprait. Dans les flaques au creux des rochers grêlés, délaissés, se retranchaient des bernard-l'ermite mouchetés et des anémones de mer rouges et caoutchouteuses; des berniques, des bigorneaux et des vignots s'accrochaient en attendant la marée. Des petites langues minces tremblotantes pointaient de leurs coques, aux aguets de la moindre lumière, entre les remous de l'eau fraîche.

Je demandai à Mister Salgado: « Est-ce que tous les océans se rejoignent? Est-ce la même mer ici que chez nous?

— Peut-être… Il haussa les épaules. La Terre tourne avec ses vraies étoiles sous une belle robe bleue depuis le commencement des temps. Maintenant que le corail disparaît, il ne restera plus que la mer où un jour nous retournerons tous. »

La mer pénétrant l'intime. Une larme, une île. Un globule bleu qui tournoie. Une planète. Du sel. Une blessure.

En avril 1971, les premières révoltes déchaînèrent là-bas chez nous une tempête de coups de feu et de petites explosions. Des bandes de jeunes guérilleros parcouraient villages et communes, délimitant leur territoire de leur rustre et interminable cortège. Des milliers de gens trouvèrent la mort au cours des représailles. Le cœur d'une génération en serait à jamais endurci. « Que nos civilisations sont fragiles ! » s'exclamait Mister Salgado en lisant un reportage mentionnant d'abominables exécutions sur la plage. Il ne s'agissait, hélas, que des signes avant-coureurs de la violence ahurissante qui déferla, vague après vague, lors des décennies qui suivirent : enfers, colliers embrasés, pneus en fusion, le règne de la Terreur, les enlèvements, les disparitions et les crimes idéologiques, la guerre ethnique purulente. Les cadavres rouleraient et rouleraient au gré du ressac. La marée les ramènerait et les abandonnerait par douzaines sur la plage. Des vies de frères, de sœurs, d'hommes et de femmes, d'amants, de pères et de mères, d'enfants, seraient brisées, vouées à l'oubli.

Tandis que nous gravissions la colline aux moutons, il se contentait de dire : « Elle aurait pu être ici, tu sais. À ramasser des champignons ou à tresser des herbes. » Il me prenait le bras pour enjamber les flaques sur les rochers couleur d'étain. « Regarde les fougères onduler entre les bruyères. Ici, même le vent pleure… »

Dans notre chez-nous londonien qui datait de l'ère victorienne, je faisais cuire à feu doux un paquet de flageolets verts qui avaient trempé pendant six heures. J'attendais qu'il laisse tomber une autre phrase ou deux de sa tête pour distinguer un jour du suivant.

Son travail à l'institut ne dura pas longtemps. « Encore un pays à court d'argent », dit-il, entretenant sa régression dans le mutisme. Chez nous, lorsqu'il avait annoncé à ses assistants que le projet de la côte sud avait été provisoirement interrompu, Wijetunga était devenu fou de rage. Il avait menacé de faire sauter le bungalow. « Nous pouvons y arriver », avait-il hurlé en brandissant le poing. *No messing, boyo.*

Quand vint son tour d'être licencié, Mister Salgado accueillit la nouvelle comme une de ces choses de la vie. Il retrouva un travail plus modeste dans une structure locale du ministère de l'Éducation. « Ce qui importe, ce n'est pas ce que tu fais au quotidien, mais les pensées avec lesquelles tu vis, me répétait-il en se tapotant la tête avec l'index. Au bout du compte, c'est à ça que se résume ta vie. » J'allumais le radiateur à gaz dans le salon et apportais la bière.

« Dans ce cas-là, pourquoi sommes-nous venus ici ? lui demandai-je un jour. Comme des réfugiés ?

— Nous sommes venus observer et apprendre, répondit-il en ouvrant les rideaux de tulle et en contemplant une rangée d'arbres ratiboisés. Tu te rappelles ? »

Mais ne sommes-nous pas tous des réfugiés de quelque chose ? Que nous restions, que nous partions, que nous nous en retournions, nous avons tous besoin d'un refuge loin du monde, à portée de la main ou presque. À une femme rencontrée au bar qui me demandait : « Dis-moi, tu as quitté l'Afrique pour fuir ce vilain Amin ? » J'avais répondu : « Non, je suis un explorateur qui se lance à la découverte », m'imaginant que Mister Salgado aurait ainsi répliqué. La fumée était pesante, épaisse : un nuage de pollen envahissant. Elle se mit à rire, me toucha le bras et se rapprocha de moi dans l'obscurité. Un pull-over bien chaud en shetland. Une peau flasque mais souple, du patchouli derrière les oreilles. J'apprenais que l'histoire humaine est l'éternelle histoire de la diaspora de quelqu'un : un incessant combat entre ceux qui expulsent, repoussent ou éliminent – possèdent, divisent et règnent –, et ceux qui gardent la petite flamme en vie, nuit après nuit, de bouche en bouche, élargissant le monde à chaque fois qu'ils remuent la langue.

Chaque année, au mois de mai, je ressortais nos vêtements d'été avec leurs étiquettes d'autrefois – *Batik Boutique, Coolman of Colpetty* – et je réapprovisionnais les étagères à épices du cellier. J'essayais d'imaginer où je serais, où il serait l'hiver suivant, à Noël, quand la neige tomberait et que les dindes du Norfolk rôtiraient dans les cuisines indigènes: nous nous installerions dans une autre maison louée elle aussi à court terme. Les tempes de Mister Salgado commençaient à grisonner, il se mit à porter des lunettes teintées. Finalement, en 1976, il me dit qu'il était temps de nous fixer quelque part. Il acheta une maisonnette dans le quartier d'Earls Court. Il y avait un magnolia dans le jardin. Nous apprîmes à rester assis, silencieux, dans de grands fauteuils marron, à regarder les fleurs se défaire, pétale par pétale, sous un soleil pourpre qui sombrait à l'horizon, dans le Wiltshire.

Au cours de ces années, je lus un par un tous les livres de Mister Salgado; il devait y en avoir un millier dans le salon, chacun était la porte ouverte à un endroit encore inconnu pour moi. Même après les avoir tous lus, j'y trouvais, chaque fois que je les rouvrais, quelque chose de neuf. Un jeu de lumière et d'ombre, un détail qui entrait et sortait en voletant d'une histoire que je connaissais par cœur. Chaque semaine de nouveaux livres arrivaient. Après toutes ces années passées à pister ses livres, après les milliers de pages que j'avais lues et relues, je savais d'instinct où il mettrait les derniers venus, comme si nous avions adopté, pour nos étagères intimes, un système de rangement en fonction des ouvrages que nous avions lus, séparément, au cours de ces années passées ensemble. Au cours de notre temps ensemble. Nous n'en parlions jamais, mais je suis persuadé qu'il établissait ainsi une sorte de programme que je devais suivre. Il laissait tel ou tel livre à tel ou tel endroit : sur le rouleau de papier hygiénique, au-dessus d'une pile de vêtements ou en équilibre précaire au bord d'une table avec une tasse de thé posée dessus, sachant pertinemment que je le rangerais et que, ce faisant, je le feuilletterais et me laisserais captiver : *The Wishing Well*, *Ginipettiya*, *L'île*. Je suis sûr et certain qu'il voulait que je les lise ; ce que j'ignore, c'est s'il savait que je lisais les autres aussi, toutes ses réalités compactes mais illimitées.

Nuit et jour, pendant la plupart des années que nous passâmes ensemble à Londres, je fréquentai salles de classe et bibliothèques. Je brisai ainsi tous les vieux tabous, m'affranchissant peu à peu des démons du passé : ce qui est fini est à jamais fini, me répétais-je.

« Pourquoi ai-je tellement moins peur ici ? lui demandai-je. Même quand la nuit est très sombre ?

— C'est ton imagination, dit-il. Ici, vois-tu, elle n'a pas encore été infectée. » Comme si chacun de nous avait un seuil intime qui devait être violé avant que l'environnement pût nous tourmenter.

Un jour, je lui montrai un article au sujet d'un récent colloque sur l'homme et le corail. « Vous auriez dû y participer, lui dis-je. Présider ça. »

Il prit l'air rêveur : « C'était une espèce d'obsession autrefois, tu sais.

— Mais on dirait maintenant que dans le monde entier, d'autres partagent enfin cette obsession.

— Tu te rappelles ? Un seul et unique océan, n'est-ce pas ? Les débris d'un esprit dérivent vers un autre… Le même petit polype fait germer l'idée dans un autre crâne. Il sourit en me touchant la tête. Mais ces réunions sont pleines de gens qui voient maintenant le monde de façon différente. Ils emportent tout un barda. De l'huile à bronzer, une bouteille d'air. Ils ne s'inquiètent que du comment, pas du pourquoi. J'appartiens à un autre monde. Même Darwin a passé plus de temps à explorer son bureau en quête de sa plume qu'il n'en a passé à explorer le fond des mers. Il s'est fondé sur des rapports, des discours, des bavardages. Une traînée de suif. C'est en lui qu'il cherchait ses réponses. En esprit, nous avons nagé dans la même mer. Un monde imaginé. »

La seule et unique fois où j'avais nagé jusqu'au récif de Mister Salgado, là-bas, chez nous, j'avais été effrayé par l'exubérance de ce monde nouveau. L'eau peu profonde bouillonnait de créatures. Des yeux dansaient, des queues tournoyaient, des serpents de mer, des limaces de mer, des tentacules surgissaient et s'accrochaient à vous... Une jungle de formes frémissantes et contorsionnées, magnifiées et déformées, grandissait à chaque mouvement, jaillissait de l'inconnu, effrayante dans sa splendeur cachée. Ainsi en suspens dans la plus primitive des sensations, je commençais lentement à m'apercevoir que tout dévorait perpétuellement l'environnement. Je nageais dans un océan de bruits ; mon souffle rauque était soudain ponctué de cliquetis, de coups de dents des poissons grignotant les pointes blanches des coraux dorés ; le bout de mes doigts semblaient pâlir sous mes yeux tandis que balistes, scalaires, poissons-tigres, poissons-coffres, tétrons, électrons et poissons-boules tourbillonnaient autour de moi, à jamais affamés.

Mister Salgado secoua la tête. « J'aurais dû en faire quelque chose, moi, de cette baie. Je me disais alors qu'en un mois ou deux, l'année suivante, j'aurais la chance d'en faire une réserve. Un parc marin. Je me voyais construisant une jetée, un port de plaisance, un havre sûr pour des petits bateaux à fond de verre, des pirogues aux voiles rouges, sans oublier une espèce de restaurant flottant à un bout du môle. Tu aurais pu y proposer ton fameux chili de crabe, ou les meilleurs concombres de mer farcis que l'on puisse trouver. Imagine ça : une rangée de plats d'argent offrant des pinces de crabe rouge dans de la sauce aux haricots noirs, du riz jaune et des encornets dans du vin rouge, un vivaneau rôti de la taille de ton bras, des ailerons de requin et des algues frites. Ça aurait été un temple à ton dieu de la gastronomie, tu ne crois pas ? Je le voyais en forme de cercle, une plate-forme circulaire avec la mer au milieu. Nous aurions pu faire de l'élevage pour les besoins du restaurant et développer les espèces rares que nous relâcherions un jour en pleine mer. Un centre où étudier notre préhistoire. Nous aurions pu montrer quelque chose au monde, quelque chose de réellement fabuleux. Quel gâchis !

— Nous n'avons qu'à faire ça ici, dis-je. Ouvrons un restaurant ici, à Londres !

— À toi de faire ça, dit-il. Un jour, pour toi… »

C'est vers cette époque qu'il acheta la Volkswagen rouge et m'apprit à conduire. Nous sillonnâmes ainsi tout le pays. Nous faisions le plein un dimanche matin et parcourions des kilomètres, un circuit d'une journée, au cours duquel nous visitions chaque demeure historique, jardin, parc ou musée. « Le tour du chef », disait-il avec un sourire, m'expliquant l'origine du moindre objet d'art que nous rencontrions. « Le besoin de bâtir, de transformer la nature, de faire quelque chose à partir de rien est universel. Mais conserver, protéger, respecter le passé est quelque chose qu'il nous faut apprendre », disait-il.

Par un après-midi froid et humide, nous découvrîmes à notre retour qu'un petit snack-bar était à vendre au bout de notre rue. « Voilà ta chance ! me dit Mister Salgado. À toi d'en faire quelque chose. » Il y investit le reste de ses économies. Je le repeignis de la couleur de notre mer des tropiques. J'achetai des sièges en osier et un tableau noir pour y afficher le menu. J'accrochai des ampoules de couleur à l'extérieur et des lanternes en papier à l'intérieur : il était prêt à prendre le large. Mister Salgado rayonnait.

Et voici qu'au cours de l'été 1983, des bandes d'émeutiers mirent Colombo à feu et à sang. Nous vîmes des photos de jeunes, guère différents de moi, ravageant ce qui aurait pu être notre avenue. Soir après soir, cette violence effrénée alimenta les nouvelles télévisées. Il n'y avait rien eu de semblable lors des précédentes manifestations ; à l'époque, on avait brûlé des livres et les premières escarmouches avaient éclaté. Au cours des insurrections de 1971, les nouvelles n'étaient arrivées que de façon sporadique, tout cela paraissait bien éloigné. Cette fois, des images de sauvagerie, la naissance d'une guerre, scintillaient sur les écrans du monde entier au moment même où cela se passait. Je revoyais mon instituteur, un fervent de l'éducation celui-là, je revoyais son vélo noir flageolant avec son garde-chaîne tout rouillé, je le revoyais avec son inséparable cahier et son parapluie noir qui s'épanouissait sous la pluie tiède. Je l'avais retrouvé dans un fossé, au bord de notre rizière, en ce mois mouvementé qui s'était terminé par mon arrivée chez Mister Salgado. Il avait eu les jambes brisées par une bande de garçons plus âgés que moi qui se retrouvaient dans une hutte, à la récréation, pour y psalmodier les slogans d'un monde en plein embrasement.

À la fin de l'été, Tippy téléphona à l'improviste à Mister Salgado. Il changeait d'avion à Heathrow pour se rendre à New York où il avait à faire. Il avait eu, dit-il, notre numéro par le service des renseignements téléphoniques ; Tippy savait se débrouiller, n'importe où dans le monde. Il dit que chez nous c'était la guerre. « Ces salauds sont en train de tout foutre en l'air. » Il mentionna les manigances politiques, les justifications et tout l'argent qu'on pouvait se faire en des temps aussi agités. « Un sacré fric, mon vieux. » Ce n'est qu'à la fin qu'il mentionna Nili. Elle était, dit-il, dans une maison de santé de Galle Road. Elle était seule. Son histoire avec Robert s'était terminée peu après notre départ. Robert était reparti aux États-Unis. Elle avait fini par monter sa propre affaire : une pension de famille pour touristes. Ça avait bien marché mais, lors de la flambée de violence de l'été, une bande d'émeutiers avait été avertie que Danton Chidambaram et une autre famille tamoule avaient été hébergés par Nili, après le sac de leurs maisons. Elle avait caché les deux familles à l'étage et envoyé promener les voyous qui les recherchaient. La nuit suivante, une foule s'était amenée avec des bidons de kérosène et avait incendié la pension de famille de Nili. Et on avait dansé, et on avait dansé dans la rue… Elle avait sombré. « Elle est dans le pétrin, *men.* Désespérée. Tu sais ce que c'est, *machang…* Elle s'autodétruit. Elle n'a personne, en fait. »

Mister Salgado reposa le téléphone, il pressa ses doigts sur ses tempes. Il répéta ce que Tippy venait de lui dire. Il ajouta qu'il fallait qu'il aille la voir. « Je dois repartir. »

J'avais un jour demandé conseil à Nili au sujet d'un plat que je préparais. Elle avait haussé les épaules et m'avait répondu : « Tu es le maître, maintenant. Le maître de la cuisine ! » Je ne répétai pas cela à mon Mister Salgado, je préférai lui dire : « Ça fait tellement d'années… Il s'est passé tant de choses… » Je modelai ma voix sur la sienne, comme j'avais toujours cherché à le faire, tout en sachant que je n'arriverais pas à l'empêcher d'y aller. Que je ne devais pas l'en empêcher.

« Tu sais, Triton, finit-il par me dire. Nous ne sommes que nos souvenirs. Rien d'autre… Tout ce que nous avons, c'est le souvenir de ce que nous avons accompli ou non, de tel ou tel être que nous avons pu toucher, ne serait-ce qu'un moment... » Ses yeux étaient alourdis par des poches de peau noire. Je savais qu'il partirait pour ne jamais revenir. Je resterais et il me faudrait finalement apprendre à vivre seul. Il me vint alors pour la première fois à l'esprit que c'était sans doute là mon désir intime. Ce que j'avais sans doute toujours voulu. Les soirées seraient longues au snack d'Earls Court avec sa queue de vagabonds cosmopolites tout crottés, mais c'était d'eux que je devais m'occuper ; ils étaient mon avenir. Ma vie deviendrait un rêve de tignasses sentant le fauve, de bars enfumés et de néons aveuglants. J'apprendrais à plaisanter et à faire la conversation, j'apprendrais à parfaire les fanfaronnades de celui qui a trouvé sa voie et enfin un endroit qu'il peut appeler sien. Le snack deviendrait un jour un restaurant et moi, un restaurateur. C'était ma seule façon de réussir : sans passé, sans nom, sans Ranjan Salgado à mes côtés.

Par un dimanche matin frisquet et sans nuages, je le conduisis à l'aéroport. Au guichet d'enregistrement, en cherchant son billet, il trouva ses clefs. « Tiens, il vaut mieux que tu les gardes », me dit-il en me les tendant. Deux heures plus tard, il s'envolait, à la poursuite d'une lueur d'espoir dans une lointaine maison des douleurs.

Achevé d'imprimer
en mars deux mille vingt-quatre
sur les presses de CORLET,
à Condé-sur-Noireau, France,
pour le compte des Éditions Zoé
Composition Joseph Maye, Genève
N° d'impression : 23100649

IMPRIM'VERT®

Nous avons choisi d'imprimer la couverture de ce livre sur un papier Sirio rough Milkshake blanc FSC mx credit 210 g sans pelliculage plastique.